U0079314

500 Useful Vocabulary

你肯定會用到的

500

單字

背單字＝聽力UP！＋寫作能力UP！

Vocabulary

單字不必多背，只要選對單字背，
英文程度一定高人一倍！

張瑜凌@編著

〈編者序〉

我該怎麼學好英語？

許多英語學習者一定都產生過這樣的疑問：「學好英語一定要背單字嗎？」我想。會提出這個問題的人，應該都是對自己英語單字沒有信心，甚至是討厭背單字的人吧！

但是單字就如同是語文的入門，如果你不背單字，如何能夠有效掌握語言的使用技巧呢？因此，「背單字」是語言學習的必要過程！

但是背單字是有技巧的，有系統的背誦法，能夠幫助你更容易掌控背單字的效率！

本書將單字的不同性質分門別類規劃，並依單字的使用搭配分析說明，讓您瞭解單字的用法，還提供詞組的內容，讓您可以記單字的同時，一併背誦片語或習慣用法。此外還包括單字的相關、衍生、歸類單元，讓您只要花一次的功夫，就可以同時背誦許多相關單字，不但可以連貫思緒，還可以節省背誦的時間。

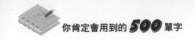

　　除了單字之外，本書還有基礎的文法注意說明，只要您具備基礎的英語文法架構，再搭配著內容分析說明，您的英語實力便可以在短時間之內獲得提昇！

　　本書彙整了五百多個基礎單字，以及相關的實用生活例句，不但能幫助您背誦單字，更能提昇您的聽力及口語能力，一次提昇英語的實力！

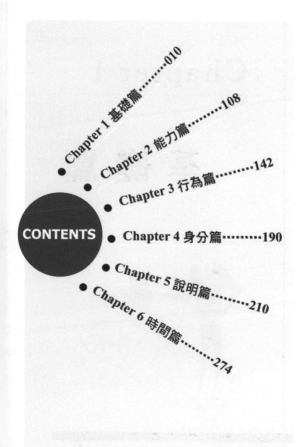

Chapter 1

基 礎 篇

a (an)

〔ə〕 (〔ən〕) *art.* 〔表示數量或種類〕一
(個、件…)〔表示同類事
物中的代表〕任何一個(種)
〔表示非特指〕一個

實用例句

⇨他有一架飛機。

He has **a** plane.

⇨那是一顆蘋果。

It's **an** apple.

⇨她每月去阿姨家一次。

She goes to her aunt's once **a** month.

⇨一位姓王的先生早上來看過你。

A Mr. Wang came to see you this morning.

分析：1. a 用在音標為子音開頭的名詞前，an 用
在音標為母音開頭的名詞前，如：a
useful 〔'jusfəl〕animal (一種有用的動
物)、an orange 〔'ɔrɪndʒ〕(一顆橘子)。

2. a (an) 用在時間、距離、重量等度量
單位前，表示「一」或「每」的概

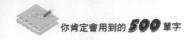

念。

3.用在專有名詞前表示「某一」的意思。

巧記：a是字母表中的A (a)，即第一個字母，所以它有「一」的含義。

---

about

〔ə'baut〕 *adv.* 到處、大約

prep. 關於、在各處

實用例句

⇨他們大部分時間在一起各處走動。

They go **about** together most of the time.

⇨找那本書約花了我五分鐘的時間。

It took me **about** five minutes to find that book.

⇨我們喜歡那本關於星球的書。

We like the book **about** stars.

⇨房裏到處是他的書。

His books are lying **about** the room.

⇨那棟建築怎麼樣？

What **about** that building?

⇨要不要去購物?

How **about** going shopping?

句型：What (How) about…? …怎麼樣? (詢問有
何消息或打算，或提建議時使用)

比較：about和on作介詞，都表示「關於」，其
區別是：
　　1. about表示「涉及到面」。
　　2. on則用來指明「論題」，表示某本
　　　書、某文章是學術性的，是用來「專
　　　門研究」某一問題的，例如：On Prac-
　　　tice (實踐論)。

同義：on *prep.* 關於

---

all

〔ɔl〕　*adj.*　整個的、全部的
　　　　pron.　全體、一切、大家
　　　　adv.　全部地、完全地

實用例句

⇨不要喝掉所有的水。

Don't drink **all** the water.

⇨所有的男孩都喜歡運動。

All of the boys are fond of sports.

⇨我全身濕淋淋的。

I'm **all** wet.

⇨他們一直在説話。

They are talking **all** the time.

⇨我將終生從事這項工作。

I'll do this job **all** my life.

⇨我喜歡環遊世界。

I like to travel **all** over the world.

⇨結果好一切都好。

All's well that end's well.

詞組:	all day	整天
	all kinds of	各種各樣的
	all one's life	一生、終生
	all over	遍及、渾身
	all right	行、好吧、(病) 好了
	all the same	仍然
	all the time	始終、一直
	not at all	一點兒也不

分析:all既可修飾單數和複數的可數名詞,又可修飾不可數名詞,因此當被其修飾的

名詞作主詞時，要注意「主詞和動詞的一致性」，如：All the milk has gone bad (所有的牛奶都壞了)，milk是不可數名詞，動詞作第三人稱單數處理。

and

〔ɛnd〕　*conj.*　和、又、與

實用例句

➪約翰、雪莉和我經常在週末時去釣魚。

John, Shelly **and** I often go fishing at weekend.

➪三加二等於五。

Three **and** two is five.

➪這所學校有230名女生。

There are two hundred **and** thirty girls in the school.

分析：　1. 三個以上的詞並列時，最後一詞之前須加 and，其餘用逗號連接。
2. 可用於加法和一百以上的數字中。

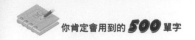

any

〔'ɛnɪ〕 *adj.* 一些、什麼、任何的

pron. 無論哪個、任何一個

實用例句

⇨你有蘋果嗎？

Do you have **any** apples?

⇨如果你有關於它的任何主意，請告訴我。

If you have **any** ideas about it, please tell me.

⇨這個洞太深，我一個雞蛋都拿不到。

The hole is too deep. I can't get **any** of the eggs in the hole.

分析：在疑問句和否定句中，any常與不可數名詞或可數名詞的複數連用，表示不定量的意義，一般不用譯出。

巧記：any也可以拆開為an和y, an是「一」的意思，而y的讀音又和why差不多，不就是和疑問、否定有關嗎？另外還可把any與some對照著記，some也表示「一些」，用在肯定句中。

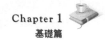
相關：anybody *pron.* 任何人
anything *pron.* 任何事
anywhere *adv.* 任何地方

at

〔æt〕 *prep.* 〔表示地點、位置〕在…(裏、上、旁等)、〔表示時間〕在…時 (刻)、〔表示動作的目標和方向〕朝向…、〔表示年齡〕在…、〔動作的出發點〕向…、對…

實用例句

➪他站在門口。

He stood **at** the door.

➪我經常在六點起床。

I often get up **at** 6 o'clock.

➪他瞄準小鳥射擊，但沒射中。

He shot **at** the bird, but missed it.

➪星期天我經常待在家裏。

I often stay **at** home on Sunday.

➪別嘲笑我！

Don't laugh **at** me.

詞組：

at first	起先
at home	在家(裏)
at last	最後、終於
at the moment	此刻
at once	立刻、馬上
at the same time	同時
at the top of	在…頂部
be good at	擅長

be

〔bi〕　*v.*　　是、成為

　　　　aux. v.　與現在分詞連用，構成現在進行時態；與過去分詞連用，構成被動語態。

實用例句

⇨我在院子裡。

　I **was** in the garden.

⇨他是個和善的人。

　He **is** a kind man.

⇨他敲門時，我們正在寫作業。

　When he knocked at the door, we **were** do-

ing our homework.

⇨這些新車是日本製造的。

These new cars **were** made in Japan.

⇨他們打算在大門口見面。

They **are** going to meet at the gate.

句型：be going to 將要…、打算

注意：be動詞的變化：

原形	現在	過去	過去分詞	現在分詞
be	am is are	was were	been	being

but

[bʌt] *conj.*　　但是、可是、然而

實用例句

⇨媽媽給了我一顆蘋果，但我喜歡香蕉。

Mother gave me an apple, **but** I like bananas.

⇨他不但是個歌唱家，還是個音樂家。

He was not only a singer but also a musician.

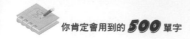

分析：but不能和although連用。
中文習慣是把「雖然」和「但是」連在
一起用，但英語裏，只能在一個句子中
用although (though) 或but中的一個。

詞組：not only...but also 不但…而且…

---

by

〔baɪ〕 *prep.* 在…旁邊、〔時間〕不遲於、
被（表被動語態的動作主語）
、用、由（方法、手段）、乘
（交通工具等）

實用例句

➪在我旁邊坐下。

　Sit **by** me.

➪要在四點之前到那裏。

　Be there **by** four o'clock.

➪這樹遭雷擊了。

　The tree was struck **by** thunder.

➪我喜歡坐火車去旅行。

　I like to travel **by** train.

➭很幸運的，我成功了。

By good luck I succeeded.

分析：1. by 之後的名詞前不用冠詞，表示抽象的意義。名詞前有冠詞時要用 in/on 等介詞。如：

I came here on a bike.

I came here by bike.

我是騎自行車來的。

2. 在表達「步行」時，要用 on foot，而不用 by。如：

I came here on foot.

我是走路來的。

3. by+時間的句型，表示到某時之前做完某事。如：

I'll finish it by 3 o'clock.

我三點前會完成。

巧記：buy 和 by 是同音的，且字形相近，可一起記憶。

詞組：

by bus	乘公共汽車
by train	坐火車
by air (=by plane)	坐飛機
by sea (=by ship)	坐輪船
by bike	騎自行車

by the way	順便
by and by	不久、很快
day by day	天天、日復一日

desk

〔dɛsk〕 *n.*　　書桌、辦公桌

實用例句

➪我們教室有30張書桌。

There are thirty **desks** in our classroom.

➪我正在伏案工作。

I am working at my **desk**.

詞組：be (sit) at one's desk
　　　　在書桌旁 (辦公、學習等)

注意：desk指桌子，常指帶抽屜的書桌、辦公
　　　　桌，沒有抽屜的桌是table。

dinner

〔'dɪnɚ〕 *n.*　　正餐、晚餐

實用例句

⇨我們晚飯有魚吃。

　　We are having fish for **dinner**.

⇨晚飯時間到了。

　　It's **dinner** time.

⇨我喜歡在晚飯後看電視。

　　I like to watch TV after **dinner**.

說明：「吃晚餐」是eat (have, take) dinner

　　　「正在吃飯」是 at dinner。

分析：1. dinner 是一天中最為正式和豐盛的一
　　　　　餐，通常在晚上。

　　　2. dinner指「吃飯時間」時，前面不用冠
　　　　　詞。

歸類：三餐的說法：

breakfast	早餐
branch	早午餐
lunch	午餐
dinner	晚餐

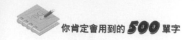

door

〔dor〕 *n.* 門、房門、車門

實用例句

➪門鎖著。

The **door** is locked.

➪離開家的時候把門關上。

Close the **door** when you leave home.

比較：door和gate都指門。door指屋門、房門、
衣櫃門、車門等有頂的門，gate指城牆或
院子的大門或門口，任何有牆無頂的場
地，如公園、校園、工廠、農場等的大
門。

衍生：

doorbell	*n.*	門鈴
doorman	*n.*	看門人
doorstep	*n.*	門階梯
doorway	*n.*	門口

ear

〔ɪr〕 *n.* 耳朵

實用例句

➾他每天晚飯後都講故事給我們聽,把我們逗得咧嘴大笑。

He always tells a story after supper and it makes us laugh from **ear** to **ear**.

➾他演講時,我們全神貫注地聽。

We were all **ears** during his speech.

歸類:五官的說法

eye	眼睛
nose	鼻子
mouth	嘴巴
ear	耳朵
skin	皮膚

face

〔fes〕 *n.*　　　臉、面孔

實用例句

➾她直視我的臉。

She looked at me in the **face**.

➾那女孩打了他一耳光。

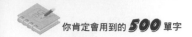

The girl hit him on the **face**.

⇨ 他和我面對面站著。

He stood **face** to **face** with me.

> 詞組：face to face　　面對面

fish

〔fɪʃ〕　*n.*　　魚、魚肉
　　　　v.　　捕魚、釣魚

實用例句

⇨ 我們正餐吃了一些魚。

We had some **fish** for dinner.

⇨ 我們捉了三種小魚。

We caught three little **fishes**.

⇨ 我們捉了幾條魚。

We caught several **fish**.

⇨ 我們釣魚去吧。

Let's go **fishing**.

> 詞組：go fishing 釣魚

> 注意：fish作「魚肉」解釋，不加冠詞，表單數
> 　　　形式。

分析：fish和sheep (綿羊) 一樣，是可數名詞，
單複數同形。fishes表示許多種類的魚。

歸類：單複數相同的字：

Chinese	中國人
Japanese	日本人
Swiss	瑞士人
sheep	羊
deer	鹿

衍生：fisher *n.* 漁夫
fishing *n.* 釣魚、漁業

---

food

〔fud〕 *n.* 食物、食品

實用例句

⇨有吃的嗎？我好餓。

Is there any **food** to eat? I'm so hungry.

⇨牛奶是一種有營養的食物。

Milk is a good **food**.

分析：food是可數名詞，也是不可數名詞。一般
統稱食物時用不可數形式，foods指各種
不同種類的食品。

27

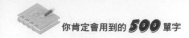
注意：字母組合為oo有以下發音：
　　　〔u〕food 食物、fool 愚人、tooth 牙齒
　　　〔ʊ〕foot 足、look 看
　　　〔ʌ〕blood 血、flood 洪水
　　　〔o〕door 門、floor 地板

foot

〔fut〕　 *n.*　　腳、足、英尺 (*pl.* feet〔fit〕)

實用例句

⇨我經常走路去上學。

　I often go to school on **foot**.

⇨這人很高，可能有8英尺。

　The man is very tall. Maybe he is eight **feet**.

⇨山腳下有棟小房子。

　A small house stood at the **foot** of the mountain.

詞組：　on foot　　　　步行
　　　　at the foot of　在…腳下

巧記：foot 與food只差一個字母。

衍生：football *n.* 足球

footstep *n.* 腳步

歸類：身體部位的說法

head	頭	hair	頭髮
chin	下巴	neck	頸
shoulder	肩	arm	臂
elbow	肘	wrist	腕
hand	手	chest	胸
back	背	waist	腰
hips	臀	thigh	大腿
leg	腿/小腿	knee	膝
foot	腳	ankle	踝
heel	腳跟		

for

〔for〕 *prep.* 〔方向〕往、向、〔所需〕…的
〔時間、距離〕計、達
〔目的或用途〕為了…

實用例句

⇨這輛公共汽車是開往倫敦的。

The bus is **for** London.

⇨這是一部適合兒童觀看的影片。

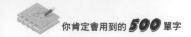

This is a movie **for** children.

⇨他在台北住了三年多了。

He has been in Taipei **for** over three years.

⇨我們為什麼不買幾張新椅子放在辦公室？

Why don't we buy some new chairs **for** the office?

⇨他剛畢業。

He had just left school **for** the last time.

注意：for作價格之意要接具體的數字：

「我花十塊錢買了這本書。」

I bought the book at ten dollars. (×)

I bought the book for ten dollars. (○)

「你用這樣的價錢買不到它。」

You can not buy it for such a price. (×)

You can not buy it at such a price. (○)

比較：1. for 表示時間時多指期間的長度，後跟與數字連用的名詞。

2. during 表示特定的期間，後面常不用數字，而用表示長度的時間名詞。

---

free

〔fri〕 *adj.* 自由的、空閒的、免費的

實用例句

➪她離開家鄉到城市後，感到無拘無束。

　She felt **free** when she left home and mov-
　ed to the city.

➪他很少有空閒的時間。

　He has little **free** time.

➪「這些飲料是不是免費的?」「不是，這些飲
　料必須付錢。」

　"Are the drinks **free**?"　"No, you have to
　pay for them."

詞組:　be free from　　免…的、無…的
　　　　　set free　　　　釋放，解放

衍生:　freedom　*n.* 自由
　　　　　freely　*adv.* 自由地

反義:　busy　*adj.* 忙的

from

〔frɑm〕　*prep.*　　〔地點〕從、自
　　　　　　　　　　〔表示時間〕從…起
　　　　　　　　　　〔距離〕距…、離…
　　　　　　　　　　〔來源〕來自…、由…

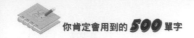
實用例句

⇨商店的營業時間是從上午8點到下午5點。

　The shop is open **from** eight till five o'clock.

⇨我已找到從倫敦開來的火車。

　I have found the train **from** London.

⇨這個村莊離城市有五英里。

　The village is five miles **from** the city.

詞組： from...to...　從…到…

分析： 他從上星期二起，便一直生病。

　　　He has been ill from last Tuesday. (✗)

　　　He has been ill since last Tuesday. (○)

　　　在現在完成式中，表達「自…以來」不
　　　用 from，而用 since。

比較： from和since都有「從… (時間) 起」之
　　　意。

　　　1. from只表示「時間的起點」。

　　　2. since表示持續至說話時刻的動作或情
　　　　況開始於什麼時候。

front

[frʌnt] *n.*　　 前部、前面、正面
　　　　 adj.　　前面的

實用例句

➪老師把那男生叫出來，站在全班面前。

The teacher called the boy out to the **front**
of the class.

➪房子前面有個花園。

There is a garden in **front** of the house.

➪請把你的名字寫在練習本的封面上。

Write your name on the **front** cover of the
exercise book.

詞組：　in front of...　　　在…前面
　　　　in (at) the front of...　在…前部

比較：　in front of和in the front of都譯成「在…前
　　　　面」，但意義不同。
　　　　1. in front of表示「在…範圍以外的前
　　　　　面」
　　　　　There is a man standing in front of us.
　　　　　有一個男人站在我們面前。

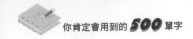

2. in (或at) the front of表示「在…範圍以
   內的前面」

   There is a small square in the front of
   the station.

   在車站（內的）前方有一個小廣場。

---

goodbye

〔gud'baɪ〕 *intj.* 再見、再會

實用例句

➪再見!

　　Goodbye!

➪你應該和客人說再見。

　　You should say **goodbye** to the guests.

歸類：道別的說法

　　Bye.

　　Bye-bye.

　　See you.

　　See you later.

---

great

〔gret〕 *adj.* 偉大的、重要的、太好了 (口語)

實用例句

▷母親是偉大的女性。

Mother is a **great** woman.

▷我沒有去過萬里長城。

I haven't been to the **Great** Wall.

比較：1. big指容積、體積大。

2. large指長度、寬度大。

3. great側重於內部、質量上的東西，常用於抽象意義、精神方面的偉大。

hair

[hɛr] *n.* 頭髮、毛髮

實用例句

▷我的頭髮很長了。

My **hair** has grown very long.

▷我的湯裏有根頭髮。

There is a **hair** in my soup.

▷今天下午我打算理髮。

I'm going to have my **hair** cut this afternoon.

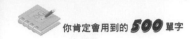

注意：一根兩根的頭髮是a hair、two hairs；全部的頭髮則用hair，是集合名詞。

happy

['hæpɪ] *adj.* 高興的、幸福的

實用例句

⇨ 祝您新年快樂!

　Happy New Year!

⇨ 我希望她幸福。

　I hope she is **happy**.

衍生：happy *adj.* 幸福的

　　　happily *adv.* 幸福地

　　　unhappy *adj.* 不幸的

反義：sad *adj.* 悲傷的、難過的

hard

[hard] *adj.*　硬的、困難的、艱難的

　　　 adv.　努力地、猛烈地

實用例句

⇨這岩石很堅硬。

　The stone was **hard**.

⇨這問題太難，我無法回答。

　This question is too **hard**; I can't answer it.

⇨她正在努力工作。

　She's working **hard**.

⇨現在下的雨比任何時候都大。

　It's raining **harder** than ever.

分析：hard既是形容詞，又是副詞。英語中不乏
　　　形容詞與副詞同形之詞，hardly不是「艱
　　　難地、努力地」，而是「幾乎不」：
　　　He works hard.
　　　他拼命工作。
　　　He hardly works.
　　　他幾乎不工作。

比較：hard和difficult都有「困難」之意，口語
　　　中常可通用。hard一般指精神上、肉體上
　　　的困難，比difficult語氣強，hard task強
　　　調要經過勞苦、辛苦才能完成；difficult
　　　指智力上的困難，如果我們說一件diffi-
　　　cult task，則指要經過努力才能完成。

反義：easy *adj.* 容易的
　　　soft *adj.* 柔軟的

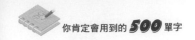

---

head

[hɛd] *n.* 頭、頭部、前端

實用例句

➪ 國王說他要砍掉你的頭。

The king said he would cut off your **head**.

➪ 瑪麗頭上插了一朵玫瑰。

Mary has a rose on her **head**.

句型：hit sb. on the head 打某人的頭

巧記：Two heads are better than one.

三個臭皮匠勝過一個諸葛亮。

---

heart

[hɑrt] *n.* 心、心臟

實用例句

➪ 我的心臟幾乎停止了跳動。

My **heart** nearly stopped beating.

➪ 李阿姨是個熱心人。

Aunt Lee is warm **hearted**.

注意：字母組合ear的發音

〔ɜ·〕 earth地球 、learn學習、early早的

〔ar〕 heart心、心臟

〔ɪr〕 clear乾淨的 、hear聽

here

〔hɪr〕 *adv.* 這裏、在這兒、向這裏

實用例句

➡到這邊來。

Come over **here**.

➡我的這位朋友會幫助你的。

My friend **here** will help you.

➡我看見到處都是花。

I saw flowers **here** and there.

詞組：here and there 到處

巧記：同音字here與hear。

反義：there *adv.* 那裏、在那裏、向那裏

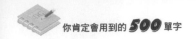

home

[hom] *n.* 家
adv. 在家地、回家

實用例句

▷他現在不在家,他應該在七點鐘回來。

He is not at **home** (=in the house) now, he should be back at seven.

▷在我回家的路上看到了她。

On my way **home** I saw her.

▷我想克里斯已回家了,我們去他家和他一起玩。

I think Chris has gone **home**.

Let's go to his **home** and play with him.

▷請不要拘束。

Make yourself at **home**.

分析:go home: home是副詞,go後面不可加 to。

go to her home: home 是名詞,go 後面必須加介詞 to。

比較:home和house的不同

1. home一般是抽象意義的家的概念，既包括家人也包括屋子。
2. house指所住的建築物。

詞組：

| at home | 在家裏、不拘束的 |
| go home | 回家 |

hot

[hɑt] *adj.* 熱的、炎熱的

實用例句

⇨夏季是個十分炎熱的季節。

　Summer is a very **hot** season.

⇨我喜歡熱狗。

　I like **hot** dogs.

反義：cold *adj.* 冷的，寒冷的

house

[haus] *n.* 房子、住宅、家

(*pl.* houses 〔'hauzɪz〕)

實用例句

⇨我們買了一間新房。

　　We bought a new **house**.

比較：house著重指「家」的建築，而不像home
　　　　具有「家庭」的含意。

how

[hau]　*adv.*　〔程度、數量、價錢〕多少
　　　　　　　〔表示方法、手段、狀態〕怎
　　　　　　　樣、如何
　　　　　　　〔感歎〕多麼

實用例句

⇨你多大年紀？

　　How old are you?

⇨你們教室有多少張桌子？

　　How many desks are there in your class-
　　room?

⇨這個值多少錢？

　　How much does it cost?

⇨這個單字怎麼拼？

　　How do you spell the word?

⇨這是多難懂的一本書啊！

How difficult the book is!
=What a difficult book it is!

句型：How often... 多久一次？
　　　How much... 多少錢？

注意：表示感歎的時候how和what的區別：
　　　1. what後面必須加名詞或名詞性片語
　　　　 What a beautiful girl.
　　　　 真是漂亮的女孩。
　　　2. how後面是直接加形容詞
　　　　 How beautiful!
　　　　 真是漂亮。

說明：「你認為它怎麼樣？」的表達法：
　　　How do you think about it? (✗)
　　　What do you think about it? (○)

hungry

〔'hʌŋgrɪ〕 *adj.* 饑餓的、空腹的、渴望的

實用例句

▷我覺得有點餓，有什麼吃的嗎？
　 I feel a little **hungry**. Can I have something
　 to eat?

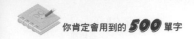

反義：full *adj.* 飽的

---

if

〔ɪf〕 *conj.* 　〔引導副詞子句〕如果、假使
　　　　　　〔引導受詞子句〕是否、是不是

● 實用例句

➪如果不下雨，我們就去。

　We'll go **if** it doesn't rain.

➪你知道她是否會來嗎？

　Do you know **if/whether** she's coming?

分析：當if引導一個表示將來的條件句時，一般
　　　通常用現在式，而不用未來式時態。

比較：1. if 和 whether 都有「是否」之意，
　　　　whether 常跟 or not 連用，if 後不接 or
　　　　not。兩者常可通用，但 if 一般用於口
　　　　語中。
　　　2. 在動詞不定詞前只能用whether，不能
　　　　用if。
　　　　She hasn't decided whether to study
　　　　singing or playing the piano.
　　　　「她還沒決定是學唱歌還是學彈鋼
　　　　琴。」

同義：whether *conj.* 是否

---

ill

〔ɪl〕　*adj.*　　　生病的、不健康的

實用例句

▷她病了。

　She is **ill**.

▷她覺得有點不舒服。

　She felt a little **ill**.

詞組：be ill in bed　臥病在床

同義：sick *adj.* 生病的

反義：well *adj.* (身體) 好的

---

in

〔ɪn〕　*prep.*　〔位置〕在裏面、在…中間、
　　　　　　　　於…(時間)、以…(情況、狀
　　　　　　　　況)、以…(方法)、使用…(語
　　　　　　　　言)、穿、戴
　　　　adv.　　在家、在辦公室、在內、向內

◆ 實用例句 ◆

⇨ 你發現放在盒子裏的錢了嗎？

Do you find the money **in** the box?

⇨ 我們的學校建於1901年。

Our school was built **in** 1901.

⇨ 現在是兩點鐘，我一小時後回來。

It's two o'clock; I'll come back **in** an hour.

⇨ 那是個穿紅衣服的女孩。

That's the girl **in** red.

⇨ 我用英文寫了這封信。

I wrote the letter **in** English.

⇨ 瓊斯先生恐怕出去了，但他很快就會回來的。

I'm afraid Mr. Jones is out, but he'll be **in** soon.

⇨ 打開袋子，把錢放進去。

Open the bag and put the money **in**.

比較：1.「在某地」可用 in 和 at 兩個介詞表示。in特別著重於「在…裏面」，at僅指在某一處所，不強調在內還是在外。

I met my teacher at (in) the library.

「我在圖書館（裏）遇到了老師。」

2. in和on都可表示「穿戴…」的狀態，in sth. 表示「穿著…」；have sth. on 表示「穿戴…」。

反義：out *prep. adv.* 在外面、在外地

into

[ˈɪntu] *prep.* 〔動作的方向〕到…內、向內、〔情況和結果〕變成

實用例句

➪下雨了，所以他們進去房子裏。

It was raining, so they went **into** the house.

➪她跳進水裏。

She jumped **into** the water.

詞組：

turn into	改變、成為
put into	用…表達出
translate into	翻譯成…
move into	搬進…

分析：1. into 是由 in+to 結合而成的複合詞，其中 in 表示運動的方向，to 表示運動到達的場所，因此常和表示動作的動詞

連用，且後面要有受詞，如：go into a
hall (走進大廳)。

2. 在口語中 in 可以代替 into，用於表示有
終止的動作的動詞之後。

比較：in 和 into 之間的區別就在於多了一個
「to」：

1. in 表示在裏面。

2. into 表示進入的過程。

---

it

[It] *pron.*　它

實用例句

⇨「這是什麼？」「這是台灣地圖。」

　"What's this?"　"**It's** a map of Taiwan."

⇨這一課不難學。

　It's not difficult to learn the lesson.

⇨今天很熱。

　It's very hot today.

⇨他覺得很難入睡。

　He found **it** difficult to get to sleep.

just

[dʒʌst] *adv.* 正好、恰好、剛才、僅、不過

實用例句

➪她剛才就坐在這兒。

She was sitting **just** here.

➪我正要走時,他就來了。

He came **just** as I was leaving.

➪我不想吃飯,只想喝點咖啡。

I don't want any dinner; **just** coffee.

比較:just與just now:

1. just (剛):用於完成式

2. just now (剛才):用於過去式

kind

[kaɪnd] *adj.* 友好的、和善的
       n. 種、類

實用例句

➪謝謝你在我生病時來看我。

It was very **kind** of you to see me when I was ill.

➪她對鳥特別友善。

She is very **kind** to birds.

➪你們沒有別種類型的嗎？

Haven't you got any other **kinds**?

分析：1. kind, good, wise, foolish, careless 等形容詞用在「It is + adj.+of+sb. +to do」句型中，不可用 for 替代 of。

It is foolish of you to call her.
你打電話給她的行為真傻。

2. kind 表示「種類」的用法：

(1)「這種帽子」：

this kind of hat

a hat of this kind

this kind of a hat (口語)

these kinds of hats (口語)

(2)「這些種類的帽了」(兩種以上)：

these kinds of hats，此時動詞要用複數。

know

[no] *v. (p. pp.)* 懂得、瞭解、知道、認識
(knew; known)

實用例句

⇨我知道他是一個誠實的人。

I **know** him to be an honest man.

⇨我知道那是事實。

I **know** it is true.

⇨我認識瑪麗好幾年了。

I've **known** Mary for years.

句型：God knows... 沒人知道

God knows where he had gone.

沒人知道他去了哪裡。

分析：know作及物動詞時，其受詞可以是名詞、代名詞、子句或帶疑問副詞的不定詞。

注意：英語中有一些動詞屬於「狀態動詞」，不用於進行式，know屬於此類動詞。

衍生：knowledge *n.* 知識

last

[læst] *adv.* 最後地、最近地
n. 最後、死期、最近的東西
adj. 最後的、剛過去的、最近一次
v. 持續、耐久、足夠

實用例句

➪喬治最後一個到達。

George arrived **last**.

=George was the **last** to arrive.

➪你上一次見到他是什麼時候?

When did you **last** see him?

➪這個廉價手錶不耐用。

This cheap watch won't **last** very long.

詞組: at last　　　最後、終於

注意: last week (month, year) 與 the last week (month, year) 意義不同,前者指過去的一週 (月、年),後者指一直延續到當前的週 (月、年)。

比較: 1. last指同種的一連貫東西的最後。

2. final指完結、終結的。

leg

[lɛg] *n.* 　　腿、(東西、動物的) 腿

實用例句

▷他交叉雙腿。

He crossed his **legs**.

▷大多數桌子有四支桌腳。

Most desks have four **legs**.

life

[laɪf] *n.* 　　生命、一生、生活
(*pl.* lives [laɪvz])

實用例句

▷人生短暫，光陰易逝。

Life is short and time is fleeting.

▷這次意外中有很多人喪生。

Many **lives** were lost in the accident.

lunch

〔lʌntʃ〕 *n.* 午餐、午飯 (*pl.* lunches)

實用例句

➪他正在吃午飯。

He's having **lunch**.

➪我吃過午飯了。

I have taken my **lunch**.

注意：1.「吃午飯」要說 have lunch，而少用 eat lunch。dinner, breakfast, lunch, supper 等指在家裏進食的「常餐」時，不用冠詞。

2. lunch 前有形容詞或指有特殊意義、不是每天通常的午飯時，要用冠詞。

may

〔me〕 *aux. v.* 可以、也許、可能

實用例句

➪請問我們可以回家了嗎？

May we go home, please?

⇨他可能來，也可能不來。

He **may** come or not.

比較：1. may not 和 must not 都表示不可以，但 must not 語氣較重，含強烈禁止之意。May I...的否定大多用 may not。

2. might是may的過去式。但在談論「現在」的可能性時，也可以用might。一般might表示可能時，它所表示的可能性比may表示的可能性小一些。might表示「許可」，不能用於回答中。

maybe

['mebi] *adv.* 大概、也許 (表示可能性)

實用例句

⇨也許我們應該告訴他所有的事。

Maybe we should tell him all the things.

⇨「他們會來嗎？」「也許吧。」

"Will they come?" **"Maybe."**

比較：1. maybe (也許)：副詞，常用於句首。
2. may be (也許)：動詞，常用於句中。

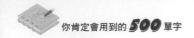

同義：perhaps *adv.* 也許，可能

milk

〔mɪlk〕 *n.* 牛奶
　　　　 v. 擠奶

實用例句

➪你想要杯牛奶嗎？

Do you want a glass of **milk**?

➪農夫一天擠兩次牛奶。

The farmer **milks** the cows twice a day.

分析：milk是物質名詞，無複數形式。

money

〔'mʌnɪ〕 *n.* 錢、貨幣

實用例句

➪他通常身邊不帶很多錢。

He doesn't usually carry much **money** on him.

詞組	:	make money	掙錢、賺錢
		lose money	虧本、賠錢

注意：money是不可數名詞，沒有複數形式，故
「一筆錢」英文應該以a sum of money表
示。

must

〔mʌst〕 *aux. v.* 必須、〔推斷〕必定是、一定
是

實用例句

➪今天六點鐘我必須要離開。

　I **must** leave at six today.

➪這件事你不能告訴任何人。

　You **mustn't** tell anyone about this.

➪走了那麼多的路，你肯定很累了。

　You **must** feel tired after such a long walk.

➪他肯定已經看過那封信了。

　He **must** have read the letter.

分析：must的時態表達：
　　　過去式：had to

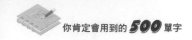
未來式：will have to

否定句：must not

注意：must疑問句的回答：

Must I leave now? 我一定得現在離開嗎？

No, you needn't. 不，你不必。

Yes, you must. 是的，你必須。

比較：1. must 較為主觀。

2. have to 則用在由於客觀原因不得不這
樣做。

---

name

〔nem〕 *n.*　　　名字、姓名、名稱

實用例句

➪她的名字叫瑪麗。

Her name is Mary.

➪那條河叫什麼名字？

What's the name of that river?

說明：詢問名字的幾種說法：

Your name?

What's your name?

May I ask (have) your name?

Excuse me, but may I have your name?

歸類：下列單字都是單音節，都有〔e〕的發音，單字結尾都是字母e。

cake	蛋糕	date	日期
game	遊戲	lake	湖
late	晚的	make	製造
same	同樣的	take	拿走

no

〔no〕　*adv.*　沒有、不是
　　　　adj.　不、無

實用例句

▷「在下雨嗎？」「不，在下雪」。

　"Is it raining?"　"**No**. It is snowing."

▷我現在沒有時間和你談話。

　I have **no** time to talk to you now.

▷我們不再是小孩了。

　We are **no** longer children.

▷禁止吸煙！

　No smoking!

詞組：

no longer	不再
no hurry	不忙、不必著急

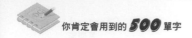

反義: yes *adv.* 好

---

now

〔nau〕 *adv.*　　現在、此刻

實用例句

⇨現在幾點了?

What time is it **now**?

⇨我正在看一本書。

I'm reading a book **now**.

⇨你要馬上動身,不然你會遲到。

Go **now** or you'll be late.

詞組:
| from now on | 從此以後、今後 |
| just now | 剛才 |

注意: just now 不能用於現在完成式。

---

of

〔ɑv〕 *prep.*　　〔表示所屬關係〕…的
　　　　　　　　〔屬於無生命物〕…的
　　　　　　　　〔表示數量、部分〕…的
　　　　　　　　〔表示其中〕…的

實用例句

⇨桌腳斷了。

The legs **of** the table have broken.

⇨這個隊的每個隊員都很好。

The members **of** the team are all good.

⇨他是我眾多朋友中的一個。

He is one **of** my friends.

詞組：	of course	當然
	because of	由於
	die of	死於

off

[ɔf]　*adv.*　離去、停了

　　　 prep.　從…脫離

實用例句

⇨他們上了車就開走了。

They got into the car and drove **off**.

⇨搭這輛公車，到火車站下車。

Get on this bus and get **off** at the station.

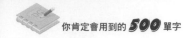

➪她關了燈。

 She turned **off** the lights.

➪請勿踐踏草地。

 Keep **off** the grass.

詞組：
get off/on	下 (上) 車
take off/put on	脫下 (戴上)
turn off/on	關上 (打開燈、 收音機等)

注意：Take your hat off your head.

 Take off your hat.

 在上面的兩句中，off 分別是介詞和副詞，應注意區分。

on

[ɑn]　*prep.*　在…上、在…時刻、關於

　　　adv.　(穿戴、放…) 上、(燈) 開著、
(機器等) 運轉著、(活動) 進行著、進行下去、繼續下去

實用例句

➪他站在椅子上。

 He stood **on** the chair.

⮐我們將在星期二去市區。

　　We will go to the city **on** Tuesday.

⮐這是一本關於中國歷史的書。

　　This is a book **on** Chinese history.

⮐穿上外套，外面會冷。

　　Put your coat **on**. It's cold outside.

⮐把燈打開。

　　Turn the light **on**.

⮐他連續不斷地工作了一整個晚上。

　　He worked **on** all night.

⮐請準時到達那兒。

　　Please go there **on** time.

分析：in the morning (afternoon/ evening) 在早上
　　　(中午／晚上)，at night (noon) 在夜裏 (中
　　　午)，如果是特定日子的上述時間，都要
　　　用on，如：

　　　on the morning of July 1 (在七月一日
　　　上午)

　　　on the afternoon of last Sunday (在上星
　　　期日下午)

　　　on a starless night (在一個沒有星星的
　　　夜晚)

　　　on Sunday evening (在星期天晚上)

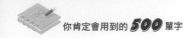

比較：on, in, at 表示時間的用法：

1. on用在日：It happened on Monday.
   （這件事發生在星期一。）
2. in用在年和月：I was born in June.
   （我在六月出生。）
3. at用在時間：I got up at six.
   （我六點起床。）

詞組：

on duty	值日
on time	準時
and so on	等等

only

['onlɪ] *adj.* 唯一的、僅有的
adv. 只、僅僅、只是、才

實用例句

➪她是唯一想得到那份工作的人。

　She is the **only** person who wants the job.

➪只剩下五分鐘了。

　Only five minutes left.

➪我昨天才見到他。

　I saw him **only** yesterday.

分析：only作副詞原則上放在被修飾詞之前，所以only的位置不同，句子意思也不相同。如：

1. Only I gave him a dollar.
   「只有我給了他一美元。」
2. I gave him only a dollar.
   「我給了他一美元而已。」
3. I gave only him a dollar.
   「我只給他一個人一美元。」

---

or

〔or〕 *conj.*　　或者、還是（用於連接一系列的可能性）、〔用於否定詞後〕也不

實用例句

⇨你打算怎麼辦，是走還是留下來？

What are you going to do, go **or** stay?

⇨你不是道歉就是滾蛋！

Either say you're sorry **or** get out!

⇨你或他有一人錯了。

Either you **or** he is wrong.

⇨他從不大笑，也不微笑。

He never laughs **or** smiles.

⇨我們無法在一個月左右精通一種外國語言。

We can not master a foreign language in a month **or** so.

分析：1.「A or B」作主詞時，動詞隨 or 後面的字 (B) 而定。

2. or 問句不可用 Yes/No 回答。

詞組：	either...or	不是…就是…
	or so	大約

party

〔'pɑrtɪ〕 *n.*　　聚會、政黨

實用例句

⇨你喜歡這個聚會嗎？

Do you enjoy the **party**?

⇨你是黨員嗎？

Are you a **Party** member?

注意：the Party 特指共產黨

巧記：part→party

pen

〔pɛn〕 *n.* 筆、鋼筆

實用例句

➪我有幾支鋼筆。

I have several **pens**.

注意：英語中「用…寫」的說法有所不同：

write in ink 用墨水寫

write with $\begin{cases} \text{a pen 用鋼筆寫} \\ \text{a pencil 用鉛筆寫} \\ \text{a piece of chalk 用粉筆寫} \end{cases}$

in pencil 用鉛筆寫

in chalk 用粉筆寫

衍生：pen-name *n.* 筆名

penfriend *n.* 筆友

pencil

〔'pɛnsl̩〕 *n.* 鉛筆

實用例句

⇨我把鉛筆放進鉛筆盒。

I put my **pencil** into the pencil case.

衍生：pencil box　鉛筆盒

　　　pencil case　鉛筆盒

---

place

〔ples〕 *n.*　　地方、處所、位置、地位、身分、空缺

實用例句

⇨把它放在陰涼的地方。

Keep it in a cool **place**.

⇨舞會什麼時候舉行？

When did the party take **place**?

詞組：take place　　舉行、發生

分析：take place用於歷史上的事件和集會的發生，而不用於地震等自然界的現象。

---

present

〔'prɛznt〕 *n.*　　禮物、贈品

實用例句

⇨父親要買一條裙子作為禮物送給你。

　　Father will buy you a skirt as a **present**.

比較：1. gift指對人、團體或組織比較鄭重贈送
　　　　的禮物。

　　　　2. present較gift為口語化，指送朋友或其
　　　　他人不怎麼重要的禮物。

question

['kwɛstʃə n] *n.* 問題、質問、論點、疑點

實用例句

⇨你們有什麼問題嗎？

　　Do you have any **questions**?

⇨那不成問題。

　　That is not the **questions**.

詞組：

| clear up a question | 澄清問題 |
| have a question | 有問題 |

反義：answer *n.* 回答

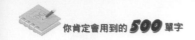

rain

[ren] *n.*　　雨、雨水

　　　v.　　下雨

實用例句

➪春天我們有足夠的雨水。

We have enough **rain** in spring.

➪根據天氣預報,今天下午可能要下雨。

According to the weather report it may **rain** this afternoon.

相關:rainy *adj.* 多雨的

衍生:rainfall *n.* 降雨量

　　　raincoat *n.* 雨衣

ready

['rɛdɪ] *adj.*　　準備好的、有預備的、隨時待命的

實用例句

➪你準備好了嗎?

Are you **ready**?

⇨信件已準備好待寄。

The letters are **ready** for the post.

詞組 ： be (get) ready for (to do sth.)
為…準備好

相關 ： readily *adv.* 迅速地、容易地

really

〔'rɪəlɪ〕 *adv.* 真正地、確實

（實用例句）

⇨我真的不想再要了。

I **really** don't want any more.

⇨真的嗎？

Really?

注意 ： Oh, really? (喔！真的嗎？) 中的really音
調前低後高，表示驚訝或贊同。

rich

〔rɪtʃ〕 *adj.* 富裕的、有錢的、含量豐富的

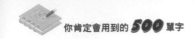
實用例句

⇨他是一個有錢人。

He is a **rich** man.

⇨這種魚含脂肪很多。

This fish is **rich** in oil.

詞組：	the rich=rich people	有錢人
	a rich dish	佳餚

巧記：The rich eat rice. 有錢人吃米。

衍生：riches *n.* 財富

反義：poor *adj.* 窮的

right

[raɪt] *adj.* 右邊的、正確的

　　　n. 右、右邊

　　　adv. 向右地、正確地、恰恰、完全
　　　地

實用例句

⇨大多數人用右手寫字。

Most people write with their **right** hands.

⇨那是正確的時間嗎？

Is that the **right** time?

⇨在十字路口向右轉。

Turn **right** at the crossing.

⇨直接回到開始處。

Go **right** back to the beginning.

⇨我做得對嗎？

Did I do it **right**?

詞組： all right 沒問題的

相關： right hand *adj.* (用) 右手的、右側的
rightly *adv.* 正確地、正當地

反義： left *n. adj. adv.* 左、左面、向左
wrong *adj.* 錯誤的

room

〔rum〕 *n.* 房間、室、場所、席位、空間

實用例句

⇨我們的房間號碼是121。

Our **room** number is 121.

⇨還有容納一個人的餘地。

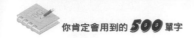

There is **room** for one more.

衍生：room可與別的字一起組成複合字：

bedroom　　　臥室
bathroom　　　浴室
sittingroom　　起居室

sad

〔sæd〕 *adj.*　　悲傷的、使人悲傷的、
　　　　　　　　〔色彩〕暗淡的

實用例句

➪他們還在為小狗的死而難過。

They are still **sad** about the dog's death.

➪別難過了。

Don't be **sad**.

相關：sadly *adv.* 悲傷地
　　　sadness *n.* 悲傷
　　　sorry *adj.* 難過的

反義：happy *adj.* 快樂的

same

[sem] *adj.* 同一的、同樣的

pron. 同樣的事或人

實用例句

⇨所有的報紙登載的都一樣。

All the newspapers say the **same**.

⇨他們同時笑了起來。

They began to laugh at the **same** time.

⇨對我都是一樣的。

It's all the **same** to me.

詞組：at the same time 同時

at the same   完全相同

反義：different *adj.* 不同的

school

[skul] *n.*   學校、上課、學校校舍

實用例句

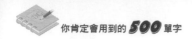

⇨她放學後步行回家。

She walked home after **school**.

⇨我們的學校位於一座小山上。

Our **school** is on a hill.

衍生：schooling *n.* 教育

詞組：

after school	下課後
be at school	上學中、上課中
go to school	上學

---

sea

[si] *n.* 海、海洋、波浪

●實用例句

⇨他們在海裏游泳。

They swam in the **sea**.

比較：go to sea 當船員

go to the sea 去海邊

相關：seabed *n.* 海底

seaside *n.* 海濱

seaport *n.* 海港

land *n.* 陸地

詞組	by sea	由海路、坐船
	by land } 都不用冠詞	由陸路
	by air	由航空
	the Red Sea	紅海
	the East China Sea	東海

season

['sɪzṇ] *n.*   季、季節、時節、〔出產的〕
旺季、流行

實用例句

➪你最喜歡哪個季節？

Which **season** do you like best?

詞組	the rainy season	雨季
	the harvest season	收穫季節
	the football season	足球賽季

注意：四季名稱在英、美語中只有秋季不同，
英語用 autumn，美語用 fall。

巧記：季節 season 是大海 (sea) 的兒子 (son)，
但要注意發音。

seat

[sit]　*n.*　座位、〔椅子等的〕座位、
　　　　　　〔戲院等的〕席位

實用例句

▷我們有十個人的座位。

　We'll have **seats** for ten people.

▷這麼說了之後,他就離席了。

　So saying, he left his **seat**.

詞組：

book a seat	預定座位
offer one's seat to...	將座位讓給…
take a seat	坐下、就座

分析：seat常指可坐的位子,如chair, bench都可
　　　　以是seat的一種。

shirt

[ʃɝt]　*n.*　(男式) 襯衫、襯衣、內衣

實用例句

⮕我需要一件新襯衫。

　I need a new **shirt**.

衍生：T shirt T恤

分析：shirt是指穿在外面的襯衫、貼身而穿的內
　　　衣或汗衫，美語是 undershirt，英語是
　　　vest。

shoe
〔ʃu〕　*n.*　　　鞋（通常用複數形式）

◖實用例句◗

⮕他買了一雙鞋。

　He bought a pair of **shoes**.

比較：shoes在英式英語中指長度不及腳踝的鞋
　　　子，長及腳踝的鞋子是boots，而在美語
　　　中，則包括連長及腳踝的鞋子也統稱為
　　　shoes。

shop
〔ʃɑp〕　*n.*　　　商店、店鋪
　　　　v. (*p. pp. ppr.*)購物 (shopped; shopped;
　　　　　　　　　shopping)

實用例句

⇨我在那家商店買鹽。

I bought salt at that **shop**.

⇨城市裡有一些好的書店。

There are some good book **shops** in the city.

⇨你想去購物嗎？

Do you want to go **shopping**?

詞組： go shopping　購物

比較：shop和store的分別：

　　1. shop在美語裏有「工廠」之意，在英語中指「店鋪」。

　　2. store在美語中有「店鋪」之意，用複數表示「百貨商店」。

衍生：shopkeeper *n.* 小店主

　　shopper *n.* 顧客

smile

〔smaɪl〕 *n.*　　微笑

實用例句

⇨他向我微笑。

　He **smiled** at me.

⇨除了他紳士的微笑，她什麼也記不住了。

　She couldn't remember anything but his gentle **smile**.

詞組：	be all smiles	滿臉笑容
	smile at	向…微笑
	strange smile	古怪的笑容

巧記：smile英語中最長的單字，因為從s到e足足有一英里 (mile) 之長。

---

snow

[sno]　*n.*　　雪

　　　v.　　下雪 (以 it 為主詞)

實用例句

⇨冬天有很多雪。

　There is a lot of **snow** in winter.

⇨瞧！下雪了。

　Look! It's **snowing**.

so

[so]　　*adv.*　　〔表示程度〕那麼、如此

〔表示強調〕非常、也、同樣

　　　　conj.　　因而、所以

●實用例句

⇨他胖得鑽不過去那個洞。

He was **so** fat that he couldn't get through the hole.

⇨我想再喝一杯，約翰也想再來一杯。

I'd like another drink, and **so** would John.

⇨天太黑，因此我看不清楚發生什麼事。

It was dark, **so** I couldn't see what had taken place.

分析：so作「也、同樣」解釋時，要用倒裝句：

「so+be (have/do/will/can/should)+主詞。」

story

['storɪ]　*n.*　　話、故事、小說、真實故事、

真相、〔小說、戲劇〕情節 (*pl.*

stories)

實用例句

⇨我喜歡閱讀小說。

　　I like reading **stories**.

⇨他們說的話都相同。

　　They all tell the same **story**.

比較：story和tale的分別：

　　1. story指真實的或虛構的故事。

　　2. tale指傳說或帶有童話性質的故事，
　　　「童話」是 a fairy tale 而不是 a fairy
　　　story。

sun

[sʌn] *n.*　　太陽（加 the）、陽光

實用例句

⇨那位老婦人坐在陽光中。

　　The old woman was sitting in the **sun**.

巧記：sun與son發音相同。

衍生：sunbath *n.* 日光浴

　　sunny *adj.* 陽光燦爛的

　　sunrise *n.* 日出

　　sunset *n.* 日落

supper

[ˈsʌpɚ] *n.* 晚餐、晚飯

實用例句

⇨ 你什麼時候吃晚飯？

When do you have your **supper**?

說明：當午餐為dinner時，supper的菜餚都是簡單、不太費事的餐點。dinner是一天中最豐富的一餐，可以是中餐也可以是晚餐，還可以是宴客或生日宴的正餐。

sure

[ʃur] *adj.* 肯定的、確信的

實用例句

⇨ 我是這樣想的，但是我沒有把握。

I think so, but I'm not **sure**.

⇨ 他很自信。

He was **sure** of himself.

⇨ 務必準時到達。

Be **sure** to come on time.

句型 : be sure of...　　　　確信…

　　　be sure+that子句　確信…

　　　be sure to...　　　　必定 (務必)

分析 : 「他一定會贏」的四種說法：

1. He is sure to win.

2. I am sure that he will win.

3. He will surely win.

4. It is certain that he will win.

說明 : 通常不說It is sure that...

注意 : surely *adv.* 肯定地、確信地

TV

['ti'vi] *n.*　　　電視 (television ['tɛləˌvɪʒən]
　　　　　　　　　的縮寫)

實用例句

➩ 大多數人每天吃完晚飯看電視。

Most people watch **TV** after supper every-
day.

分析 : 在電視上要用 on television，不用定冠詞
the，但下面這句話一定要用 the：

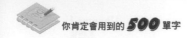
He turned on (off) the television.

他打開（關上）了電視。

注意：TV前不可加the，看電視也不能說see TV，要用watch TV。

that

[ðæt] *adj.* 那個

　　　pron. 那、那個 (*pl.* those)

　　　conj. 引導子句（常可省略）

實用例句

⇨誰告訴你那個故事？

　Who told you **that** story?

⇨瞧那個!

　Look at **that**.

⇨我相信你是想回家。

　I believe **that** you want to go home.

反義：this *pron. adj.* 這個

the

[ðə] 子音前 *def. art.*〔指特定的人或物〕這
(那) 個、這 (那) 些、用
於序數詞、形容詞或副詞
最高級的前面、用於某些
專有名詞之前、用於世界
上獨一無二的事物前

實用例句

➪我們有一隻貓和兩條狗，貓是黑色的，狗是
白色的。

We have a cat and two dogs. **The** cat is
black and **the** dogs are white.

➪她的孩子中，瑪麗最聰明。

Of all her children, Mary is **the** cleverest.

➪「傲慢與偏見」是很久以前寫成的書。

The Pride and Prejudice was written a gre-
at many years ago.

➪天空是蔚藍色的。

The sky is blue.

分析：1.街道、公園、車站、橋、學校等詞習慣
上不用 the。

2. 山脈、海洋、船隻、公共建築物、群島、新聞雜誌前要用 the。

3. 英語中表示全體的冠詞用法:

「狗是可愛的動物。」

(1)The dog is a lovely animal. (較正式)

(2)A dog is a lovely animal. (較通俗)

(3)Dogs are lovely animals. (較通俗)

(4)man 與 woman 可用無冠詞單數形式表示整體概念。

---

there

[ðɛr] *adv.* 在那兒、往那兒

實用例句

➪ 我住在那裏。

I live **there**.

➪ 這兒附近有電話嗎?

Is **there** a telephone near here?

詞組: go over there 去那邊

句型: 「There is (are) + 不定的名詞」有...(不特定的人與物於某一時刻在特定場所的表

現)

巧記：there的同音字their。

thing

〔θɪŋ〕 *n.* 　事、物、〔things〕指個人的
　　　　　　物品、用品、衣服、〔thing-
　　　　　　s〕事情、情況

實用例句

➪一心不可二用。

　No one can do two **things** at once.

➪把你的東西收拾整齊。

　Put your **things** away.

➪情況很快就會好轉。

　Things will get better soon.

衍生：thing與其他字一起構成的複合字有：
　　　something, anything, nothing等。

this

〔ðɪs〕 *adj. pron.* 　這個、這時、這裏
　　　　　　　　　　（*pl.* these）

實用例句

⇨這事是誰告訴你的?

　Who told you **this**?

⇨你查看這裏的這個盒子,我去查看那邊的那個。

　You look in **this** box here, and I'll look in that box over there.

分析:this在句中常指比that要近的人或物。

　　　This is my pencil and that is his.

　　　這是我的鉛筆,那是他的鉛筆。

反義:that *adj. pron.* 那個、那時、那裏

time

[taɪm] *n.*　　時刻、時間、鐘點、一段時
　　　　　　間、時期、次、回

實用例句

⇨現在幾點了?

　What **time** is it now?

⇨我們步行了很長的時間去那裏。

　It took us a long **time** to go there on foot.

➪我沒那麼多時間。

　I don't have so much **time**.

➪這是他第三次忘了關門。

　This is his third **time** to forget to close the door.

詞組：
all the time	一直、始終
in time	及時
on time	準時

句型：「現在幾點鐘」的說法：

　What time is it?

　What is the time?

　What time do you have?

　Have you got the time?

衍生：timetable *n.* 時刻表

---

to

〔tu〕　　*prep.*　〔地點方向〕到、往、向、和表示給予、所屬關係的詞連用、在…之前（表時間）

實用例句

➪他正在往倫敦去的路上。

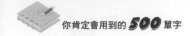

He is on the road **to** London.

⇨ 這棟房子是我的。

This house belongs **to** me.

⇨ 現在是差十分五點。

It is ten minutes **to** five.

分析：「to+原形動詞」，構成不定詞，可作主
　　　詞、受詞、定語和副詞。如：

　　1. 作受詞

　　　I like to play tennis.

　　　我喜歡打網球。

　　2. 作主詞

　　　It is wrong to say so.

　　　這麼說是不對的。

　　3. 作定語

　　　I want something to drink.

　　　我想要點喝的東西。

　　4. 作副詞

　　　He came to see me yesterday.

　　　他昨天來看我。

注意：to與for不同用法：

　　　他動身前往紐約。

　　　He started to New York. (✗)

　　　He started for New York. (○)

　　　這條路通向紐約。

This road leads for New York. (✗)

This road leads to New York. (○)

巧記：同音字：too, two, to

too

[tu] *adv.* 也、太、過分

實用例句

⇨傑克會説英語，也會説法語。

Jack can speak English. Jack can speak French, **too**.

⇨天氣太冷，不能去游泳。

It's **too** cold to go swimming.

詞組： too...to 太…以致不能…

不定詞是肯定形式，卻表達否定的意義。

比較： too用於肯定句；either(也)用於否定句。

I can dance; I can sing, too.

我會跳舞，也會唱歌。

I can't dance; I can't sing, either.

我不會跳舞，也不會唱歌。

trouble

['trʌbl] *n.*　　困難、煩惱、麻煩

實用例句

⇨你自找麻煩。

you are asking for **trouble**.

⇨給你添麻煩實在抱歉。

I'm sorry for the **trouble** I'm giving you.

⇨我有麻煩了，你能幫我嗎？

I'm in **trouble**. Can you help me?

詞組：

be in trouble	在困難當中
bring trouble	帶來麻煩
cause trouble	帶來 (引起) 麻煩
lead to trouble	出亂子

up

[ʌp]　　*adv.*　　向上、在上、起立、起來、完了、終結

實用例句

➪老師進來時要起立!

Stand **up** when the teacher comes in!

➪他把牛奶全喝光了。

He drank **up** the milk.

➪我們必須快一點,否則我們會錯過早班車。

We must hurry **up**, or we'll miss the early bus.

詞組:	up and down	上上下下、來回地
	look up	抬頭看
	put up	舉起來
	sit up	坐起來

very

〔'vɛrɪ〕 *adv.* 〔程度副詞〕很、非常

實用例句

➪今天很暖和。

It's **very** warm today.

➪我們的公共汽車開得非常慢。

Our bus is moving **very** slowly.

比較:very和much的分別:

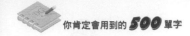

1. very修飾形容詞和副詞

Thank you very much.

非常感謝你。

2. much修飾動詞和比較級

She is much more beautiful than her sister.

她比她妹妹漂亮多了。

3. 現在分詞用very修飾，much用來修飾過去分詞，但是如果過去分詞作形容詞時用very修飾。

4. 在口語中用來表示心理狀態的過去分詞，如 delighted, excited, pleased 多用 very修飾。

---

wall

〔wɔl〕 *n.* 牆、圍牆

實用例句

▷ 看牆上的那幅地圖。

Look at the map on the **wall**.

巧記：walk→wall→tall

water

['wɔtɚ] *n.* 水、雨水、口水
v. 澆水、灑水、供水、滲水

實用例句

➪沒有水魚不能存活。

Fish can not live without **water**.

➪天很乾燥，我們得給花園澆水了。

It's very dry; we must **water** the garden.

分析：與the連用，表示有水的地方。

注意：water是不可數名詞，當water後加s表示
(海、河、湖等) 大量的水、海，如：the
blue waters of the Atlantic (大西洋的藍色
水域)、Mexican waters (墨西哥海域)。

相關：watery *adj.* 水汪汪的

衍生：
waterbag	水袋
waterbottle	水瓶
waterfall	瀑布
watermelon	西瓜
waterpower	水力
waterproof	防水

way

〔we〕 *n.* 道路、路線、路途、方法、手段、方面

實用例句

⇨請指引我去商店的路。

Please show me the **way** to the shop.

⇨做這件事最好的方法是什麼？

What is the best **way** to do it?

⇨那兩個女孩把頭髮梳成相同的樣式。

Those two girls do their hair in the same **way**.

⇨他通常在回家的路上買東西。

He usually buys something on his **way** home.

詞組：

in a way	在某種意義上
by the way	順便一提
in the (one's) way	擋路
on one's way to...	在某人去…的途中

比較：way、road、street的分別：

1. way指從某處走到另一處的路，有時與 road或street有相同意思，但以表達抽象的「路」為主。
2. road指連接鎮與鎮或村與村之間的道路。
3. street指都市中，兩側都林立著建築物的街道。

well

〔wɛl〕
n.	好、美滿、幸福
adj.	健康的
adv.	好、令人滿意地、完全地、充分地
int.	〔表示同意、驚訝〕好、那麼、哎呀

實用例句

▷我覺得身體不太舒服。

I'm not feeling very **well**.

▷先徹底洗一洗，然後晾乾。

Wash it **well** before you dry it.

▷啊，好吧，我同意。

Well, all right, I agree.

巧記：tell→well

what

〔hwɑt〕 *pron.* 〔表示疑問 (疑問代名詞)〕什麼 (人、事、物等)

〔表示建議〕怎麼樣

adj. 〔表示疑問〕什麼

〔表示感歎〕多麼

實用例句

➪去拜訪他怎麼樣?

What about calling on him?

➪你的車是什麼顏色?

What colour is your car?

➪真遺憾!

What a pity!

句型：What about? 怎麼樣?如何?

分析：what和which之前不用all。

I know all (that) he said. (○)

I know all what he said. (✗)

他所說的我全都知道

巧記：hat (帽子) →that→what

when

〔hwɛn〕 *adv.* 〔疑問副詞〕什麼時候

conj. 當…的時候

實用例句

⇨他們什麼時候來?

When will they come?

⇨我是在十一點上床的。

It was eleven **when** I went to bed.

分析:when作疑問副詞,不可使用於現在完成式,作連接詞引導時間副詞子句時,也不可用未來式。

where

〔hwɛr〕 *adv.* 〔疑問副詞〕在哪裡

〔關係副詞〕在何處

實用例句

⇨你要去哪裡?

Where are you going?

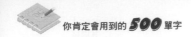

⇨你住在哪裡?

Where do you live?

⇨我問她該放在哪裡?

I asked her **where** to put it.

分析: 我們知道在分析一篇記敘文的時候一般
要講到時間、地點、人物、起因、發生
了什麼事,在英語中可以用「5W1H」來
概括,即when (何時), where (何處), who
(何人), why (爲何), what (什麼), how (如
何)。

who

[hu]　*pron.*　誰 (疑問代名詞當主格)、其
(關係代名詞,當主格,先行
詞為「人」)

實用例句

⇨賽跑誰贏了?

Who won the race?

⇨寫這封信的女人在醫院工作。

The woman **who** wrote this letter works in
a hospital.

why

〔hwaɪ〕 *adv.*　〔疑問副詞〕為什麼、何以如此

　　　　　　　　〔關係副詞〕原因、理由

實用例句

⇨你為什麼要這麼說?

Why did you tell so?

⇨他們問他怎麼弄得這麼髒。

They asked him **why** he was so dirty.

⇨「我不能馬上離開。」「為什麼不行?」

"I can't leave at once." "**Why** not? "

⇨「我可以進來嗎?」「請進。」

"May I come in?" "**Why** not? "

⇨不知何故,他拒絕了她的提議。

The reason (**why**) he refused her offer is not clear.

句型：Why not do...?=Why don't you do? (何不做…?)⇒表建議

Why not? (為何不行?)⇒對對方的禁止提出反問或對對方的請求予以鼓勵

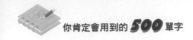

分析 ：why的問句通常用because回答。如：

"Why did ypu say so?"

「你為什麼這麼說？」

"Because I had no money with me."

「因為我身上沒帶錢。」

will

〔wɪl〕 *aux. v.* (would)〔表示未來〕將、會、
〔表示同意、允諾〕願意、
要、〔客氣提問〕是否願意

實用例句

➭他們說明天會下雨。

They say it **will** rain tomorrow.

➭我們找不到願意接受這項工作的人。

We can't find anyone who **will** take the job.

➭我不願意去！

I **won't** go!

➭請你過一會兒給我打電話，好嗎？

Will you telephone me later?

句型 ：Will you...?=Would you...? (你⋯好嗎？)⇒
較有禮貌

with

〔wɪð〕 *prep.* 帶有、具有、〔表示手段或方法〕以…、用…、〔表示伴隨〕與…一道、跟…一起

實用例句

➪那本綠封面的書是我的。

That book **with** a green cover is mine.

➪你想用這些錢買什麼？

What will you buy **with** the money?

➪她正和一個朋友在一起。

She is staying **with** a friend.

比較：在被動句中，with 和 by 的作用是不同的，with 常表示「工具、道具」，而 by 則表示「行為者」，如：

He was killed by a killer.

他被殺手殺死了。

He was killed with a pistol.

他被人用槍打死了。

反義：without *prep.* 沒有

word

〔wɝd〕 *n.*　　詞、單字、話、談話、只是、
申明、通知、諾言

● 實用例句

⇨ 不要用難懂的字。

　　Don't use difficult **words**.

⇨ 他給了她一句忠告。

　　He gave her a **word** of advice.

⇨ 我向你保證。

　　You have my **word**.

詞組：	break one's word	不守諾言、食言
	have a word with sb.	和某人說話
	in a word	總而言之
	in other words	換句話說
	word for word	逐字地

yes

〔jɛs〕　　*adv.*　　是、好、同意

實用例句

➪「你準備好了嗎？」「是的，準備好了。」
　"Are you ready?"　　"**Yes**, I'm."

➪「把門關上。」「是的，先生。」
　"Close the door."　　"**Yes**, Sir."

說明：在回答否定問句，爲了符合中文的使用
　　　習慣，要把yes譯爲「不」。如：
　　　"Don't you like cats?"
　　　「你不喜歡貓嗎？」
　　　"Yes, I do."
　　　「不，我喜歡。」

Chapter 2

能 力 篇

able

['ebl] *adj.*　　有能力的、能夠…的

實用例句

▷你能來嗎？

　Will you be **able** to come?

▷剛開始她不喜歡數學，但現在她能回答最難的數學題。

　At first she didn't like math. But now she is **able** to answer the most difficult math question.

詞組：be able to＝can (could) 能夠…

分析：un- 加在形容詞、副詞、名詞前表示「無、不、非、未」，構成反義詞，如 unable (無能力的)。

分析：can只用於過去式(過去式：could)和現在式，be able to 可用於任何時態，兩者後面都要加原形動詞。

反義：unable *adj.* 無能力的、不能…的

can

[kæn] *aux. v.* (*p.*) 能、會、能夠、可以、可能(could)

實用例句

⇨她會説法話。

She **can** speak French.

⇨你不能在這兒踢足球。

You **can't** play football here.

句型：Can I help you?(我能為您效勞嗎？)
用於向別人提供幫助或者是餐館、旅店、商場等公共場所的服務員向顧客打招呼時的客套語。相當於中文的「您要買什麼？」(商店用語)或「您要吃點什麼？」(飯店用語)。

分析：請求允許做某事，可以用can/could/may/might，這裏的could和might不表示過去式時態。can是最常用的字，特別常用於口語。could和might表達委婉之意，may用於較正式的文章或比較客氣的場合。

注意：1. can 表達能力時，通常指由體力、知

識、技能所產生的能力，即無論什麼時候想做就能做到的能力，比如會游泳、會開車、會講外語等。

2. can 只有現在式和過去式的時態，其他的時態需用 be able to do 來代替。

clean

〔klin〕 *adj.*　　乾淨的、清潔的
　　　　 v.　　 弄乾淨、打掃

實用例句

➪我的手很乾淨。

My hands are **clean**.

➪我們每月大掃除一次。

We do some **cleaning** once a month.

分析：clean 的意義，重在「弄乾淨」，不強調採取什麼方式。所以在不同的上下文中，其意義可以是洗、刷、擦、掃乾淨等。

衍生：cleaner *n.* 清潔工

反義：dirty *adj.* 髒的

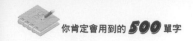

do

[du] *aux. v.*　　　　用於構成疑問和否定句，
　　　　　　　　　　本身無詞義

　　　　v. (p. pp. ppr.) 做（事）(did; done; doing)

實用例句

⇨ 我會盡力做好我的工作。

I will **do** my best to **do** my work well.

⇨ 我能為您做點什麼？

What can I **do** for you?

⇨ 你想要試試嗎？

Do you want a try?

⇨ 他看起來不是挺滑稽嗎？

Doesn't he look funny?

⇨ 他今天沒有上課。

He **didn't** have classes today.

詞組：		
	do one's homework	做作業
	do some thinking	思考事情
	do some cooking	做飯
	do some shopping	購物

注意： have
- a meeting (開會)
- classes (上課)
- a talk with...(談話)
- lunch (吃午餐)

這些詞組中的 have 不是「所有」的意思，變成否定句和疑問句時，要用 do 當助動詞。

比較： do和make都有「做」之意，但兩者有不同之處。
1. do強調「做」的「行為」、「動作」，其受詞通常是work, something等。
2. make常用來表達「製造」、「創造」之意。

enjoy

[ɪn'dʒɔɪ] v.　　欣賞、享有、喜歡

實用例句

⇨我很喜歡看這部電影。

I **enjoyed** the film.

⇨我們住在李阿姨家的這一段日子很開心。

We **enjoyed** the days we lived in aunt

Lee's.

➪你在晚會上愉快嗎？

Did you **enjoy** yourself in the party?

詞組：
1. enjoy+doing sth. 喜歡做某事
2. enjoy oneself 玩得開心

分析：enjoy後面的受詞只能用名詞、代名詞、反義代名詞和動名詞，不能用不定詞。

巧記：enjoy是個動詞，但中間含有joy這個有快樂之意的形容詞，且enjoy本身有使人感到快樂的意思。

fall

〔fɔl〕 *v. (p. pp.)* 落下、下降、倒下、跌倒、變成、進入…狀態（fell;fallen）

n. 〔美式英語〕秋天（常與 the 連用）

實用例句

➪小男孩從樹上掉下來。

The little boy **fell** from the tree.

➪他太累了，所以很快就睡著了。

He was too tired, so he **fell** asleep quickly.

⇨當他進來的時候,房間裏變得很安靜。

A silence **fell** as he came into the room.

⇨我弟弟秋季要來美國讀書。

My brother is coming to study in the United States in the **fall**.

詞組:	fall ill	生病
	fall asleep	入睡
	fall silent	沉默

同義: become *v.* 變成、進入…狀態

get

[gɛt] *v.* (*p. pp.*) 獲得、變得、成為、到達、有 (got;got 或 gotten)

實用例句

⇨你是如何弄到這筆錢的?

How did you **get** the money?

⇨天漸漸黑了。

It is **getting** dark.

⇨我們很晚才到家。

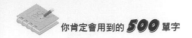

We **got** home very late.

⇨我感冒了。

I have (had) **got** a cold.

⇨你什麼時候回來?

When did you **get** back?

⇨這個年輕人經常幫助老人上下公共汽車。

The young man often helps the old man **get** on and **get** off the bus.

⇨你學習得怎麼樣?

How are you **getting** along with your study?

⇨他下了火車,又上了一輛計程車。

He **got** out of the train and **got** into a taxi.

詞組:	get along (on) with	與某人相處、進展
	get down	下來
	get back	返回
	get into	進入
	get off	下車、脫下
	get on	上車
	get out of	由…出來
	get together	相聚
	get up	起床

分析：「使 (請求) 某人做某事」用 get sb. to do
或 have sb. do，而不能用 make sb. do，因
爲後者有「強制、迫使」的意味。

注意：1. have got 形式上是完成式，但所表達的
意義與 have 的一般現在式相同，多用
於口語。

2. get off 從火車 (公共汽車、船、飛機)
上下車
get out of 從計程車 (小車) 下來
get on 乘火車、公共汽車、船、飛機
或騎馬
get in 乘計程車

give

[gɪv] v. (p. pp.)　　　　給、送給、給予、付出、
舉辦 (gave;given)

實用例句

▷你開門時把那些包包給我。

Give me the bags while you open the door.

▷學生們將在週一下午舉行歡迎會。

The students will **give** a welcome party on
Monday afternoon.

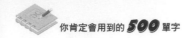

➯醫生要我戒煙。

The doctor told me to **give** up smoking.

➯做完後把考卷交上來。

Give your examination papers in when you've finished.

詞組：	give a call	打電話
	give back	歸還、送回
	give up	放棄
	give in	交、投降
	give lessons to...	給⋯上課

分析：give 後可跟雙受詞，當間接受詞是人稱代名詞時，須緊跟動詞。例：

I gave it to the boy. (○)

I gave the boy it. (×)

比較：give和send都有「送給」之意，但give是「親手交給」，send是「使某物送到某處」，但自己本人不去。

---

hand

〔hænd〕 *n.*　　手、(鐘錶) 指針

　　　　v.　　送、遞給、交付

實用例句

⇨她手裏拿著一本書。

　She had a book in her **hand**.

⇨分針比時針長。

　The minute **hand** is longer than the hour **hand**.

⇨這是手寫的。

　It was written by **hand**.

⇨請把票遞給我。

　Please **hand** me the ticket.

詞組： hand in　　　交上

相關：「時針」、「分針」、「秒針」的英語
　　　 說法分別是：hour hand、minute hand、
　　　 second hand。

衍生： handbag　*n.* 手提包
　　　 handbook　*n.* 手冊
　　　 handwriting　*n.* 筆跡
　　　 handshake　*v.* 握手

have

[hæv] *v.* (*p. pp.*)　有、吃、喝、經驗、進行
…、得到 (had;had)

aux.v.　　have (has, had) +過去分詞
構成完成式時態

實用例句

⇨她有一對藍色的眼睛。

　She **has** blue eyes.

⇨你有鉛筆嗎？

　Do you **have** a pencil?

⇨喝些茶吧!

　Have some tea!

⇨我的錶被人偷了。

　I **had** my watch stolen.

⇨我從約翰那兒聽到了這個消息。

　I **had** the news from John.

⇨我剛洗完一些東西。

　I **have** just finished washing something.

⇨每週五我們都必須要開會。

　We **have** to have a meeting every Friday.

⇨你要喝什麼，茶還是咖啡?

Which do you **have**, tea or coffee?

⇨爬山時我們遇到許多困難。

We **had** much difficulty in climbing the mountain.

詞組:	have a look (at)	看一看
	have a rest	休息
	have a swim	游泳
	have a talk	談話
	have a try	試一試
	have a walk	散步
	have to do	必須、不得不

分析：have作「所有」解釋時：
- 否定句：have not/don't have
- 疑問句：Have...?/Do...have...?

have 不作「所有」解釋時，否定句與疑問句須用助動詞表示。

比較：have to與must都有「必須」之意，都表示「有義務」。

　　1. have to表示客觀環境的要求，如果說某人have to do something，意思很可能是有一條法律、一項規定、一項協定或者諸如此類的東西要求他做這件事

情。

2. must表示說話人的主觀要求和看法。

3. 另外must沒有過去式時態和未來式時態，表達過去或將來有必要做某事要用have to的過去式形式 (had to) 和未來式形式 (will have to)。

hear

〔hɪr〕 *v.* (*p. pp.*) **聽見、聽說、得知** (heard; heard)

實用例句

➪最近我沒有接到約翰的信，也沒有聽到關於他的消息。

I haven't **heard** from John and I haven't heard of him recently.

➪我仔細聽，但什麼也沒聽到。

I listened but **heard** nothing.

詞組：hear from. 接到（消息）、收到（信）
hear of sb./sth. 聽說…

分析：hear 的被動式要與不定詞 to 連用。

比較：hear表示狀態，不能使用進行式，listen

表示動作可用進行式。

hear 指「聽到」，後面一般接聽到的內容，而 listen 只是一個「聽的動作」，listen to 後面接聽到的東西。

help

[hɛlp] *v. n.* 幫助

實用例句

➪你能幫我提一下那個重的袋子嗎？

Would you **help** me (to) carry the heavy bag?

➪謝謝你的幫助。

Thank you for your **help**.

句型：help oneself to sth. 請自便

分析：1. help 作及物動詞時，其受詞可以是名詞、代名詞，也可以是動詞不定詞，在非正式文章中，不定詞的 to 常可省略。

2. help 作「幫助」之意，是個抽象名詞，不可數、作「幫手」或「有助之物」解時，是可數名詞。

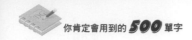

說明：「幫助某人做某事」有以下幾種句型：

$$\text{help sb.} \begin{cases} \text{do sth.} \\ \text{to do sth.} \\ \text{in doing sth.} \\ \text{with sth.} \end{cases}$$

---

hope

〔hop〕 *v. n.* 希望、盼望

實用例句

➪我們希望今年能到英國訪問。

 We are **hoping** to visit England this year.

➪我希望明天是個晴天。

 I **hope** it'll be sunny tomorrow.

➪他並沒有放棄他的希望。

 He didn't give up his **hope**.

分析：hope作動詞用時，可接that子句 (that可省略)，或接不定詞。

比較：hope和wish都可譯成「希望」：

　　1. hope 表示對願望的實現抱有一定信心，所表示的希望一般可以實現。

　　2. wish所表示的願望不大可能實現，因

此常接謂語為假設語氣的受詞子句。

衍生：hopeful *adj.* 有希望的

hopeless *adj.* 沒有希望的

hopefully *adv.* 滿懷希望地

keep

[kip] *v.* (*p. pp.*) 保持 (狀態)、保存、保留 (kept;kept)

實用例句

➪那會使你忙一陣子。

That will **keep** you busy for some time.

➪你可以將它留下，我不需要了。

You can **keep** it; I don't need it.

➪我付給他五美元餐費並告訴他不要找零錢了。

I gave him 5 dollar for the food, and told him to **keep** the change.

詞組：
keep in mind	牢記
keep in touch with	保持聯繫
keep on doing	繼續做 (某事)

分析：keep 之後不能跟動詞不定詞，只能跟名

詞、動名詞和介詞片語。

比較：1. keep talking 表示「繼續說」，與 go on talking, continue talking 意思一樣。

2. keep on talking是「不停地說」，含有令人厭煩的意思。

---

laugh

〔læf〕 *v. n.* (發出聲音的) 笑、大笑

（實用例句）

➪ 事情這麼有趣，逗得我大笑不止。

It was so funny; I couldn't stop **laughing**.

➪ 國王受到所有人的嘲笑。

The king was **laughed** at by everybody.

詞組： laugh at　　嘲笑

比較： laugh 和 smile 都指「笑」。laugh 指「笑」，不但有面部表情，而且有聲音，可表示高興、快樂，也可表示輕蔑；smile 指不出聲的微笑，通常指善意的笑，表示幸福、愉快。

let

[lɛt] *v.* *(p. pp.)* 　　讓、允許 (let; let)

實用例句

➪ 她讓她的孩子在街上玩。

　　She **lets** her children play in the street.

➪ 我們去看電影，好不好？

　　Let's go to the cinema, shall we?

➪ 讓我們去幫助那個老人，你說好不好？

　　Let us go to help that old man, will you?

| **詞組**： | let go | 放掉 |
| | let in | 讓…進來 |

句型：let sb. do sth. (讓某人做某事)，let 是使役動詞，受詞後的不定詞不帶 to。

說明：let me go有兩種意思：「讓我去吧」和「放開我」。

注意：let us形式不同，後面的反義疑問的形式也不同。

$$\begin{cases} \text{Let's..., shall we? (我們去…，好嗎？)} \\ \text{Let us..., will you? (讓我…，可以嗎？)} \end{cases}$$

like

[laɪk] *v.* 喜歡、喜愛、想要、願意

prep. 像、跟…一樣

實用例句

⇨我愛好坐船航行。

　I **like** sailing.

⇨我喜歡騎自行車去上學。

　I **like** to go to school by bike.

⇨我希望你來看我。

　I'd **like** you to come and see me.

⇨你喜歡哪個，紅的還是藍的?

　Which one would you **like**, the red one or the blue one?

⇨你願意煮飯嗎?

　Would you **like** to cook the dinner?

⇨照這樣做。

　Do **like** this.

⇨對我來説，他跟兒子一樣。

　He was **like** a son to me.

句型：like + doing＝enjoy doing (喜歡做…)

Would you like...? (請你…好嗎？) 表示請示、詢問、勸誘。

比較 : 1. like doing 常指一般的喜愛做某事，like to do 則指具體想做某事。

2. like 是「像」的意思：

He does it like an old man.

他做這件事像一個老人。(他不是老人)

3. as 有「作為」的意思：

He does it as an old man.

他做這件事就像一個老人該做的。(他是個老人)

listen

['lɪsn̩] *v.* 　　　仔細聽、傾聽

實用例句

⇨ 我每天都聽收音機。

I **listen** to the radio every day.

⇨ 我聽到有人在講話，但沒注意聽他在講什麼。

I heard someone talking, but I didn't **listen** to what he was saying.

詞組 :　listen to...　　　注意聽…

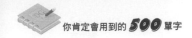

比較：hear 表示自然傳入耳中的聲音，強調結果，故不能用進行式。listen 指注意聆聽，表示動作，可用進行式。

love

〔lʌv〕 *v. n.* 　愛、熱愛、很喜歡

實用例句

➡他深深愛著自己的母親。

He has a strong **love** for his mother.

➡我喜歡他，但我並不愛他。

I like him but I don't **love** him.

比較：like在感情上比love弱，但在口語中可以通用。

反義：hate *v.* 討厭、恨

make

〔mek〕 *v. (p. pp.)* 做、製造、使得 (made; made)

實用例句

➡請你幫我煮杯咖啡好嗎？

Will you **make** me a cup of coffee?

➾這椅子是那個工廠生產的，是用木頭製造的。

The chairs were **made** in that factory and they were **made** of wood.

➾有的紙是竹子做的。

Some paper is **made** from bamboo.

➾幾年前，老師讓學生做很多家庭作業，現在學生不用再做那麼多練習了。

Several years ago teachers often **made** students do a lot of homework. Now the students will not be **made** to do so many exercises.

詞組：
| make friends with | 與…交朋友 |
| make sure | 務必 |

分析：make sb. do sth. (讓某人做某事)
與 have、let 一樣，後面的不定詞不帶 to，但在被動語態中，to 要恢復。

比較：1. be made from 和 be made of 都解釋爲「由…製成」，當原料的質地已改變而辨認不出時，用 from；如質地未變，可辨認出時，用 of。

The paper is made from wood.
紙是由木材做成的。

The chair is made of wood.
椅子是用木材製的。

2. make sb. do指「強制某人做某事」，
let sb. do則是「由被動者的自由意志決定」。

He made me drink it.
他強迫我喝下它。

He let me drink it.
他讓我喝下它。

---

pass

〔pæs〕 v.　　經過、路過、傳遞、通過

實用例句

▷我回家的路上經過了郵局。

I **passed** the post office on my way home.

▷請把球傳給我。

Please **pass** me that ball.

▷他考試及格了。

He **passed** the exam.

詞組： pass through　穿過、貫穿

衍生： passing n. 通過、合格

passer-by *n.* 過路人、行人

please

〔pliz〕 *v.* 請、使人高興、使人滿意

實用例句

➪請問你想要什麼？

What do you want, **please**?

➪你不能使人人高興。

You can't **please** everybody.

➪我很樂意幫助你。

I shall be **pleased** to help you.

詞組：be pleased to... 樂於…

分析：please作「請」時，置於句首或句尾，但
置於句末時，需用逗號與原句子隔開。
但「史密斯先生，請」這句話，不能依
中文順序說成 "Mr Smith, please." 而要
說成 "Please, Mr Smith."。

衍生：pleasure *n.* 快樂、喜悅
pleased *adj.* 高興的、愉快的

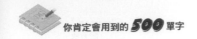

sleep

[slip] *v.* (*p. pp.*) 睡覺 (slept; slept)
n. 睡眠、睡眠時間

實用例句

➭我睡眠不足。

I haven't had enough **sleep**.

➭他喜歡在下午睡一小時覺。

He likes to **sleep** for an hour in the afternoon.

➭她睡了個好覺。

She **slept** a good **sleep**.

詞組: go to sleep 入眠、睡著

衍生: sleeper *n.* 臥鋪
sleepless *adj.* 不眠的、無眠的
sleepy *adj.* 想睡的

study

['stʌdɪ] *v. n.* 學習、研究

實用例句

➲他們研究了很多去那裏的辦法。

They **studied** many ways to get there.

➲你的研究進展得怎麼樣?

How are you getting along with your **studies**?

比較：learn和study的分別：

1. learn指從學習、練習或他人的教授中獲得知識。
2. study指做學習、研究。

thank

[θæŋk] *v. n.*   感謝、謝謝

實用例句

➲這老太太感謝我幫了她。

The old lady **thanked** me for helping her.

➲他寫了一封謝函給我。

He sent me a letter of **thanks**.

注意："Thanks." 語意比 "Thank you." 要柔和，也可說 "Thanks a lot." " Many thanks."

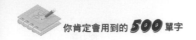

"Thank you very much." (非常謝謝你)。

比較：No, thank you. 不，謝謝你。

　　　(拒絕別人好意時的客氣用語)

　　　Yes, please. 好的，請便。

　　　(表示願意接受)

---

think

[θɪŋk] *v.* (*p. pp.*) 想、思考、認為 (thought; thought)

實用例句

➪回答問題前先仔細想一想。

　Think hard before you answer the question.

➪你講中文的時候仍然用英語思考嗎？

　Do you still **think** in English when you are speaking Chinese?

➪嗯!你應該好好想想這事。

　Well, you should **think** it over.

詞組：

think of	想起、憶及
think over	仔細考慮
think about	考慮

try

[traɪ] *v.*　嘗試、試圖、努力、試驗、解決、審判、折磨

實用例句

➪ 我認為自己做不好，但我會盡力的。

　I don't think I can do it very well, but I'll **try** my best.

➪ 這個疾病把我折磨得好慘。

　This malady **tries** me so much.

詞組：　try one's best　盡某人最大的努力
　　　　try on　　　　試穿 (衣服等)

比較：　try doing用在實際上「嘗試過」的意思，try to do則「嘗試做某事」，但是否真做了則不是重點。

use

[jus] *v.*　使用、利用、應用、用、向來、慣常 (僅用過去式，與 to 連用，used to)

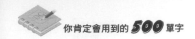

實用例句

⟳這家工廠現在用電腦來計算所有帳目。

The factory now **uses** a computer to do all its accounts.

⟳我過去一向住在台北。

I **used** to live in Taipei.

相關：動詞後加 ful 字尾，變成形容詞，如： careful (小心的)、painful (疼痛的)、forgetful (健忘的)。

衍生：useful *adj.* 有益的、有用的

visit

['vɪzɪt] *v. n.* 參觀、訪問、拜訪

實用例句

⟳我要去鄉下探望姑媽。

I will **visit** my aunt in the country.

⟳在倫敦期間，我們參觀了倫敦鐵塔兩次。

When we were in London we **visited** the Tower twice.

⟳我昨天第一次到紐約遊覽。

I paid my first **visit** to New York yesterday.

詞組： pay / make a visit to 訪問、拜訪

衍生： visitor *n.* 訪問者、參觀者

---

work

[wɝk] *v.*　　工作、勞動、運轉、轉動
　　　　n.　　工作、勞動、（要做的）事情

● 實用例句

➪她整個下午一直在花園裏工作。

She's been **working** in the garden all afternoon.

➪這台機器是電力驅動。

This machine **works** by electricity.

➪今晚我要從辦公室帶點工作回去做。

I'm taking some **work** home from the office this evening.

詞組： look for work　找工作
　　　out of work　　失業

衍生： homework 家庭作業

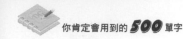

housework 家事。

worry

['wɝɪ] v. (使) 煩惱、(使) 憂慮

實用例句

⇨我的牙疼使我很煩惱。

My toothache **worries** me a great deal.

⇨他為兒子而煩惱。

He is **worried** about his son.

詞組： worry about 擔心、為…煩惱

分析： She had a very worried look at her face.

她顯現出非常擔心的神色。

worried 在此為形容詞，所以用 very 修飾。

She was much worried by her mother.

她使她的母親非常擔心。

was worried by 是動詞被動式，所以要用 much 修飾。

Chapter 3

行 爲 篇

arrive

〔ə'raɪv〕 v.　到達、到來

實用例句

⇨飛機何時抵達紐約？

What time does the plane **arrive** in New York?

⇨我早上7點到達車站。

I **arrived** at the station at 7:00 a.m.

詞組：　arrive in 到達…大地方(大都市/國家)
　　　　arrive at 到達…小地點(大都市的站名)

分析：arrive是不及物動詞，「到達某地」需用介詞 in 或 at，到達較大的地點常用 in，到達較小的地點時用 at。

比較：arrive in (at) 相當於 reach 和 get to，但 get to 較口語化，reach 是及物動詞。

begin

〔bɪ'gɪn〕 v. (p. pp. ppr)　開始 (began; begun; beginning)

● 實用例句

➪她從 1988 年開始在這兒工作。

　She **began** working here in 1988.

➪我七點鐘開始學習。

　I **began** to study at seven.

分析：1. begin的受詞可以是名詞、不定詞或動
　　　　名詞。begin 用於進行式時，為避免連
　　　　用ing形式，通常只跟不定詞作受詞；
　　　　begin 的受詞是表示感情、精神、心理
　　　　狀態的詞時，通常只跟動詞不定詞。

　　　2.「從…開始」的從是用at或on，而不
　　　　是from：

　　　　宴會從早上十點開始。

　　　　The party begins at 10 o'clock in the
　　　　morning.（O）

　　　　The party begins from 10 o'clock in
　　　　the morning.（X）

　　　　考試從星期一開始。

　　　　Exam will begin on Monday.（O）

　　　　Exam will begin from Monday.（X）

同義：start *v.* 開始

反義：finish、end *v.* 結束、完成

borrow

〔'bɑro〕 v.　(向別人) 借、借用、借入

實用例句

➪ 我能借用你的尺嗎？

　Can I borrow your ruler?

➪ 我向他借了一些錢。

　I borrowed some money from him.

比較：borrow和lend的用法不同：

　　　1. borrow sth. from sb. 向某人借某物

　　　2. lend sth. to sb. =lend sb. sth. 借某物給
　　　　某人

衍生：borrower n. 借用者

反義：return v. 還、歸還

bring

〔brɪŋ〕 v. (p. pp.) 帶來、拿來 (brought; brought)

實用例句

➪ 春天帶來美麗的花朵。

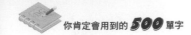

Spring **brings** beautiful flowers.

➪明天把你的家庭作業帶來。

Bring your homework tomorrow.

➪把髒書包拿走,記得給我帶一個乾淨的來。

Take the dirty bag away and remember to **bring** me a clear one.

分析: bring sb. sth 帶某物給某人
bring sth. to sb. 帶某物給某人
當直接受詞為代名詞時,直接受詞在前,間接受詞在後。

比較: bring 帶來
take 拿走
fetch 去某個地方把東西拿來
bring 和 take 是單程,而 fetch 是雙程,多指「一來一去」。

build

[bɪld] v. (p. pp.)　建築、造、建設
(built; built)

實用例句

➪我們已建造了許多高樓。

We have **built** a lot of tall buildings.

➭這棟房子是什麼時候建造的?

When was the house **built**?

busy

['bɪzɪ] *adj.* 忙的、忙碌的

實用例句

➭你在忙什麼?

What are you **busy** with?

➭他忙於工作。

He was **busy** with his work.

➭媽媽忙著給爸爸做早飯。

Mother is **busy** preparing breakfast for Father.

詞組: be busy with (at/over/about/in) +sth.
忙於某事
be busy doing sth. 忙於做某事

注意: busy用作形容詞時,需注意其主詞常是某人、某條街、某個工廠,但不是某份工作。

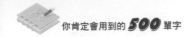
衍生 : busily *adv.* 忙碌地

　　　 business *n.* 忙碌

反義 : free *adj.* 空閒的、有空的

---

buy

[baɪ]　*v. (p. pp.)*　**購買** (bought;bought)

實用例句

➪ 爸爸給我買了一輛小車作為我的生日禮物。

　 Father **bought** me a car as a present of my birthday.

句型 : buy sb. sth. =buy sth. for sb. 買某物給某人

分析 : 在動詞可帶有雙受詞時，一般間接受詞可位於直接受詞前，如果位於其後，間接受詞之前就必須加介詞to表示「動作對誰做」，或者加介詞for表示「動作為誰做」。buy之後可用帶for的間接受詞，而不用to。如：

　　　 I bought a little present for him.

　　　 我給他買了件小禮物。

衍生 : buyer *n.* 買主、買方

反義 : sell *v.* 賣

call

[kɔl]　*v. n.*　稱呼、叫、打電話、喊叫、大聲而清楚說、呼喚、叫來、訪問、(一次) 電話、通話

實用例句

▷我們會給嬰兒取名瓊。

We'll **call** the baby Joan.

▷我明天早晨六點鐘打電話給你。

I'll **call** you at six tomorrow morning.

▷他大聲呼救。

He **called** for help.

▷母親在叫我。

Mother is **calling** me.

▷我想星期日她會去拜訪你。

I think she will **call** on you on Sunday.

分析：1. call後常可接受詞補語，意為「將某人稱為…」或「將某物稱為…」。在社交場合，常可聽到人們在介紹自己或被人介紹後說上一句：Call me ＋人名：(請稱呼我…)，以示親切、友好。

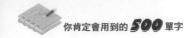
2. call作「訪問」之意時是不及物動詞，
「訪問某人」要說call on sb. ，受詞
若是某地時要說call at，例如：

I call at his house.

我去他家拜訪。

I call on him.

我去拜訪他。

close

[kloz] *v.* 關、閉

adj. 靠近的、親密的

adv. 靠近地

實用例句

⇨儘管才下午3點，這個商店已經關門了。

The shop has been **closed** though it is only 3 p.m.

⇨這是一場勢均力敵的比賽。

This is a **close** match.

⇨他是我最親密的朋友。

He is my **closest** friend.

⇨由於害怕，昨天晚上他緊跟在我的後面。

He followed **close** behind me last night be-

cause he felt so afraid.

分析：中文裏「關上」的受詞可以是電燈、煤氣、收音機等，但英文裏的動詞要用 turn；close的受詞可以是：knife (刀)、door (門)、book (書)、eyes (眼睛)等。

come

[kʌm]　v. (p. pp.)　來、來到 (came;come)

實用例句

⇨火車緩緩駛進車站。

The train **came** slowly into the station.

⇨屋頂在夜間塌下來。

The roof **came** down in the night.

⇨你是哪裡人？

Where do you **come** from?

詞組：

come back	回來
come down	下來
come from	出生、來(自)
come in	進來
come out	出來

注意：1. come 是不及物動詞，不能跟受詞，後
　　　常接 to，引出地點。 come 可接動詞不
　　　定詞作副詞，表示「來」的目的。
　　　Three years later, he came to Taipei.
　　　三年後他到台北了。
　　2. come 是瞬間動詞，不能和表示一段時
　　　間的副詞連用。

反義：go *v.* 去

cook

〔kuk〕　 *v.*　　烹調、煮、燒、做 (飯菜)
　　　　　 n.　　廚師

實用例句

➪ 明天我做晚飯。

　I'm going to **cook** dinner tomorrow.

➪ 我的哥哥是一個烹調高手。

　My brother is a good **cook**.

分析：1. cook 作及物動詞，其受詞可以是：din-
　　　ner (meal, breakfast, lunch, supper) 或者
　　　fish (meat, chicken..) 等。
　　2. cook 的意義在「加熱做出飯菜」這個
　　　結果，而不強調採取什麼加熱方式。

3. cooker是 「炊具」的意思，而非廚師
之意。

---

cry

[kraɪ]　v.　　喊叫、哭
　　　　n.　　叫喊、哭聲

（實用例句）

▷這個小男孩疼得大叫。

The little boy **cried** out with pain.

▷我們聽到熊的吼聲。

We heard the **cry** of a bear.

---

cut

[kʌt]　v.　　切、剪、割、削
　　　　n.　　切、割

（實用例句）

▷他被碎玻璃割破了手指。

He **cut** his fingers on the broken glass.

▷很多樹被砍伐掉了。

Many trees are **cut** down.

⇨他的臉上有一道刀傷。

He had a **cut** on his face.

注意：cut的意義著重在用有刃的器具「切開、割破」，譯成中文時要隨其受詞的不同譯成「切、割、剪、削」等。

die

〔daɪ〕 v. (p. pp. ppr) 死、枯死、滅亡、漸弱、渴望 (died; died; dying)

● 實用例句

⇨我父親生於 1935 年，死於 1994 年。

My father was born in 1935 and **died** in 1994.

⇨他的叔叔九年前去世了。

His uncle **died** nine years ago.

分析：1. die 是瞬間動詞，不能與表示一段時間的完成式連用。

He has died for nine years. (✗)

He died nine years ago. (○)

他九年前去世。

It is nine years since he died. (○)

他已經去世九年了。

He has been dead for nine years. (○)

自從他去世至今已經九年。

2. be dying表示「將要死去」。

比較：表「死因」的介詞用法：

die of指因疾病、饑餓、衰老而死

die from指因受傷而死

衍生：death *n.* 死、死亡

dead *adj.* 死的、死去的

---

drink

〔drɪŋk〕*n.* 　　　〔常用複數〕飲料、酒

v. (*p. pp.*)　喝、飲、喝酒

(drank;drunk)

實用例句

⇨把茶喝了，別讓它涼了。

Drink your tea before it gets cold.

⇨他不吸煙也不喝酒。

He doesn't smoke and **drink**.

⇨你們還可以喝橘子汁。

You can have a **drink** of orange juice, too.

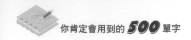

⇨我愛喝不含酒精的飲料。

I like soft **drinks**.

詞組：

cold drinks	冷飲
hot drinks	熱飲

分析：drink作及物動詞時，其用法與中文的「喝」類似，其受詞可以是水、牛奶、飲料等。但喝湯要用eat，而不用drink。

注意：drink, have都有「喝」之意。但have指「吃、喝」時，常用於口語。

比較：drink water 飲水

eat soup 喝湯

take medicine 吃藥

衍生：drinker *n.* 飲酒者

eat

[ɪt] *v.* (*p. pp.*) 吃、食 (*ate;eaten*)

實用例句

⇨孩子們吃光所有的糖果和水果。

The children **eat** up all the sweets and fruit.

⇨為活而吃，但不要為吃而活。

Eat to live but don't live to **eat**.

詞組:
| eat up | 吃光 |
| drink up | 喝光 |

注意: 1. eat 作及物動詞時，其受詞可以是 breakfast(早餐)，lunch(午餐)，dinner (晚餐)，但口語中人們通常說 have one's breakfast (lunch/dinner) 吃早餐 (午、晚餐)。

2. 在英語中，「吃奶」、「吃藥」不用 eat。

吃奶 suck the breast (the mother/the milk)

吃藥 take medicine。

巧記: 我們來看三個單字：
eat→east→easy 都是一個字母的差別

衍生: eater *n.* 食者
eatery *n.* 飲食店

find

[faɪnd] *v.* (*p. pp.*) 找到、發現、發覺、感到
(found;found)

實用例句

➪我找不到我的鞋。

　I can't **find** my shoes.

➪你找到你要找的東西了嗎？

　Did you **find** what you were looking for?

➪我醒來時，發覺自己在醫院裏。

　When I woke up, I **found** myself in hospital.

➪請查明火車何時到達。

　Please **find** out when the train will arrive.

詞組： find out 查明、發明、瞭解

比較： 1. find 和 look for 都有「找」之意。但
　　　　 find 動作有一定時間界限，指「尋
　　　　 找」，如找到丟失或忘掉的東西，強
　　　　 調尋找的結果。look for 指尋找的「動
　　　　 作」及「過程」，是持續性動詞片
　　　　 語。

　　　 2. find 和 find out 都有「找到」之意。但
　　　　 find out 強調透過各種努力「猜出、打
　　　　 聽出、瞭解到、發現」某物。

衍生： finder *n.* 發現者

go

[go] *v. (p. pp.)* 　去、走、駛、通到、達到
(went;gone)

實用例句

⇨時間不早了，我必須走了。

It's late; I must **go**.

⇨汽車開得太快了。

The car is **going** too fast.

⇨我們到法國去度假。

We **went** to France for our holidays.

⇨哪一條路通向車站？

Which road **goes** to the station?

⇨我們繼續上課。

Let's **go** on with our lesson.

⇨我確信他不會參加。

I'm sure he is not **going** to join.

詞組：

go back	回去
go home	回家
go for a walk	散步
go on	繼續

go boating	去划船
go to the cinema	看電影
go to hospital	住院
go to bed	睡覺
go to sleep	入睡、睡著
go to school	上學
go to class	上課

說明：be going to do 表示「快要」、「正要」、「將要」，(常用於口語，替代 shall 和 will，表示單純未來或意志未來。)

分析：1. have gone to 意思是「已去某地」，或「已經到達」或「在途中」，總之現在不在說話者所在的地方。表達「去過某地」，要用 have been to。go 是連綴動詞，不能與表達一段時間的副詞連用。

2. go, come 和 leave 等動詞，一般用現在進行式形式表達「將要做」的意義。

比較：1. go on with+名詞 繼續…
go on doing sth. 繼續原來動作
go on to do sth. 繼續接另一個動作

2. go to school 是「去上學」，而 go to the school 意為「去學校這個地方」，不一定是去上學。

反義：come *v.* 來

jump

〔dʒʌmp〕 *v. n.* 跳、跳躍

實用例句

➪她跳出窗外。

　　She **jumped** out of the window.

➪誰跳得最高?

　　Who **jumped** highest?

➪他跳遠得了第一名。

　　He got the first in the long **jump**.

詞組：　the high jump　跳高

　　　　the long jump　跳遠

learn

〔lɜ·n〕 *v. (p. pp.)* 學習 (learned;learned 或 learnt;learnt)

實用例句

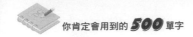

⤷他正在學跳舞。

　　He is **learning** to dance.

⤷我從媽媽那兒學來的。

　　I **learned** it from my mother.

詞組： learn from... 向…學習

比較： learn和study都有「學習」之意。

　　　　1. learn可表示摹仿、實踐的學習過程，也可表示透過學習獲得知識和技能。

　　　　2. study指系統的「學習、研究」這一過程。

　　　　3. learn和study都是及物動詞，但study後不能接動詞。

衍生： learner *n.* 學習者

　　　　learning *n.* 學問

---

lie

[laɪ] *v.* (*p. pp. ppr*) 躺、臥、平放、位於 (lay; lain; lying)

實用例句

⤷這書本放在桌上。

The book is **lying** on the table.

↪他躺在地板上看書。

He **lay** on the floor and read the book.

↪我躺在草地上。

I **lay** down on the grass.

詞組：lie on one's back 仰臥

注意：

中文	原形	過去式	過去分詞	現在分詞
躺	lie	lay	lain	lying
說謊	lie	lied	lied	lying
鋪設	lay	laid	laid	laying

這三個字的原形、過去式及兩種分詞有交叉現象，要特別注意加以區分。

live

〔lɪv〕 v.　　居住、活、生存

實用例句

↪富者生，窮者死。

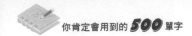
The rich **live** while the poor die.

⇨中國人以米為主食。

The Chinese **live** on rice.

⇨我的祖母活到八十歲。

My grandmother **lived** to be eighty.

詞組：	live on	以…為食
	live in (at)	居住在…

look

[lʊk] *v.*   **看、觀看、好像、顯得**

       n.   **看、 看一下**

實用例句

⇨你看來累了。

You **look** tired.

⇨我能照料自己。

I can **look** after myself.

⇨他朝窗外望去。

He **looked** out of the window.

⇨我正在找我的課本，我找不著它。

I'm **looking** for my textbook; I can't find it.

⇨讓我看一下那隻可愛的狗。

Let me have a **look** at that lovely dog.

詞組：

look after	照顧、照料
look at	看、觀看
look back (out of)	回頭看 (向…外看)
look for	尋找
look like	看似…
look out	小心
look up (down)	抬頭看 (向下看)
look up	查尋

比較：1. see, look, watch的比較：

(1) see指自然進入視線中，強調結果，
翻譯成「看見」，沒有進行式。

(2) look:有意將視線轉向某處，強調
「看」的動作，有進行式。

(3) watch 專心注視某個動態的東西。

2. look與seem都可表示「好像、顯得」
，但look是從外表看上去，seem指看
的人從內心覺得似乎是…，如：

You look pale.

你看起來臉色蒼白。

It seems impossible.

那事似乎不可能。

meet

[mit]　*v.*　(*p. pp.*)　碰見、遇見　(met; met)

實用例句

➪昨天我在街上碰到他。

　I **met** him in the street yesterday.

➪如果你要來，阿姨會到車站去接你。

　If you come, Aunt will **meet** you at the station.

➪見到你很高興。

　Nice to **meet** you!

詞組：　meet sb. at the station (the airport)
　　　　到火車站 (機場) 接某人
　　　　see sb. off 為... (某人) 送行

比較：　know和meet的不同：
　　　　雖然兩者都有「認識見面」的意思，但
　　　　know強調認識此人，而meet則強調與此
　　　　人的見面：
　　　　你如何和你太太認識？
　　　　How do you meet you wife? (○)

How do you know you wife? (✕)
你認識喬伊嗎？
Do you know Joy? (○)
Do you meet Joy? (✕)

move

〔muv〕 *v.* 　移動、搬動、搬家、使改變位
置、感動

實用例句

➪你能安安靜靜地坐十分鐘不動嗎？

Can you sit still without **moving** for ten minutes?

➪他們已搬到另一個城市去了。

They have **moved** to another city.

➪我被她的故事感動了。

I was **moved** by her story.

衍生：movement *n.* 運動、活動

open

〔'opən〕 *adj.* 　開著的、開口的
　　　　v. 　打開、張開

實用例句

⇨我已經打開了門，所以現在門是開著的，我
　是一分鐘之前把門打開的。

　I've **opened** the door. So the door is open
　now. I **opened** it just a minute ago.

分析：表示「開」的狀態，常用be open (*adj.*) 而
　　　 不用be opened, 因為be opened有「被打
　　　 開」之意。

比較：「把書翻到 25 頁。」英式英文用Open
　　　 your book at page 25.
　　　 美式英文用Open your book to page 25.

反義：closed *adj.* 關著的
　　　 close *v.* 關閉

---

pay

〔pe〕　*n.*　　工資
　　　　v.　　付錢、發工資、給報酬

實用例句

⇨我付你三元去清洗我的車。

　I'll **pay** you $3 to clean my car.

➪請注意我說的話。

Pay attention to what I'm saying.

➪他每星期四領工資。

He gets his **pay** each Thursday.

詞組： pay attention to... 對…注意
pay for 支付、付出代價

衍生： payable *adj.* 應支付的，期滿的

play
[ple] *v.* 玩、打球、演奏樂器
n. 玩耍、戲劇

實用例句

➪他們正在玩遊戲。

They are **playing** games.

➪我喜歡踢足球。

I like **playing** football.

➪莉莉喜歡拉小提琴。

Lili likes **playing** the violin.

➪他們昨天看戲去了。

They went to see the **play** yesterday.

衍生：player *n.* 運動者、演奏者
playful *adj.* 詼諧的、玩笑的
playing *n.* 遊戲

pull

〔pul〕 *v.* 拉、拖、拔〔瓶塞、牙齒等〕、牽

實用例句

⇨這不重，我來拉。

It isn't heavy, I'll **pull** it.

⇨我一個人無法把小船從水裏拉出來。

I myself couldn't **pull** the boat out of the water.

⇨我讓人把那顆蛀牙拔了。

I had the bad tooth **pulled** out.

反義：push *v.* 推

同義：draw *v.* 拉

push

〔puʃ〕 *v. n.* 推、擠、追求〔目的、財富等〕

實用例句

⇨請推一下這輛車！

Please **push** the car!

⇨我推了那扇窗戶。

I gave the window a **push**.

反義：pull *v.* 拉

put

[put]　*v.* (*p. pp.*)　放、擺 (put; put)

實用例句

⇨請把你的鞋放在這兒。

Please **put** your shoes here.

⇨他穿上他的外套出去了。

He **put** on his coat and went out.

⇨公共汽車停下，讓三個人下了車。

The bus **put** down three men.

詞組：

put on	穿戴
put sth. down	把…(某物) 放下
put out	熄滅
put sth. up	舉起、建造、掛起 (某物)

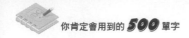

比較：put on 表示「穿戴的動作」，wear和have on表示「穿戴的狀態」。

read

[rid]　v. (p. pp.)　讀、朗讀 (read [rɛd])

● 實用例句 ●

⇨這些孩子在學朗讀。

　The children is learning to **read**.

⇨我們每天早上都大聲朗讀英語。

　We **read** English aloud every morning.

注意：

現在式	過去式	過去分詞
read	read	read
[rid]	[rɛd]	[rɛd]

read 的和與原形動詞拼字相同，但發音相異。

衍生：reader *n.* 讀者、教科書

　　　reading *n.* 閱讀

run

[rʌn] *n.* 　　　　　跑、奔跑

v. (p. pp. ppr.) 　逃亡、賽跑

(ran; run; running)

實用例句

▷我不得不跑過去趕乘公共汽車。

I had to **run** to catch the bus.

▷汽車以五十英里的時速行駛著。

The car **ran** 50 miles an hour.

詞組 :
run after	追趕
run away	逃跑
running water	自來水
running hand	草書

衍生 : runner *n.* 跑者、跑的人

runway *n.* (飛機的) 跑道

save

[sev] *v.* 　　救、挽救、節省、儲蓄、持久

實用例句

➪她挽救了她的朋友，使其沒有掉下去。

She **saved** her friend from falling.

➪你替我省了 10 元。

You have **saved** me 10 dollars.

詞組： save on sth.　節省

---

say

[se] 　 *v.* (*p. pp.*)　說、講、據說 (said; said)

實用例句

➪「我要再喝一杯。」他說。

"I'd like another drink." he **said**.

➪因此我想，我不知道她是什麼意思。

So I **said** to myself, I wonder what she means.

➪據說他很富有。

He is **said** to be rich.

詞組： say to oneself　心裏想

比較：say, speak, talk, tell 的分別：

    1. say 強調說話的內容。

    2. speak 強調說話的動作本身。

    3. talk 類似 speak，除了強調說話的動作外，還表示與別人交談。

    4. tell 通知某人某事(有告訴之意)，著重強調有聽眾在場。

---

see

〔si〕   v. (p. pp.)   看、瞧、注意、理解、領會、拜訪、會見、看望

                  (saw; seen)

●實用例句

⇨我看著他走進火車站。

  I **saw** him going into the station.

⇨你看到我把眼鏡放在哪裡了嗎？

  Did you **see** where I had put my glasses?

⇨我不明白你為什麼不喜歡它。

  I can't **see** why you don't like it.

分析：see與hear, watch, feel一樣，不能用進行式。see後的動詞不定詞要省略「to」，如：

I saw him to run away. (✕)

I saw him run away. (○)

我看見他逃跑。

但被動語態中to不可省略：

He was seen to run away.

他被看見逃跑。

比較：1. see到拜訪的地方去。

2. meet有「集合」的意味。

send

[sɛnd] *v.* *(p. pp.)* 送、寄出、派遣 (sent; sent)

實用例句

⇨如果你需要錢，我就給你送去。

If you need money I'll **send** it to you.

⇨他母親派他去買牛奶。

He was **sent** by his mother to buy some milk.

⇨一些人被派出去幫助他們。

Some people were **sent** to help them.

⇨我請他去把我的袋子拿來。

I **sent** him for my bag.

詞組： send away　開除、解雇
　　　 send for　　派人把…請 (取) 來
　　　 send up　　 發射

衍生： sender *n.* 發貨人

反義： receive *v.* 收到

sit

[sɪt] *v. (p. pp. ppr.)* 坐、坐下、位於 (sat; sat; sitting)

實用例句

⇨ 他坐在書桌前工作。

　 He **sat** at his desk working.

⇨ 請坐下，孩子們。

　 Sit down please, children.

詞組： sit down　 坐下
　　　 sit for　　 應試、參加（考試等）
　　　 sit up　　　夜間不睡

衍生： sitting room 起居室
　　　 living room 客廳

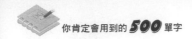

a baby sitter 替人臨時照顧小孩者

speak

〔spik〕 *v. (p. pp.)* 說話、講話、講、說（某種語言）(spoke; spoken)

實用例句

➪ 我想和你談談我的想法。

I'd like to **speak** to you about my idea.

➪ 我驚訝得說不出話來。

I was so surprised that I could hardly **speak**.

比較：speak和say的分別：

　　1. speak是使用某種語言，speak English 是「講英語」。

　　2. say是說出，say English是「說出English」的意思。

stand

〔stænd〕 *v. (p. pp.)* 站、站起、立 (stood; stood)

實用例句

➪我在公共汽車上找不到位子，因此只好站著。

I couldn't get a seat on the bus, so I had to **stand**.

➪當老師進來的時候，他們都站了起來。

They **stood** up when the teacher came in.

詞組： stand up 站起來、起立

反義： sit *v.* 坐

start

〔start〕 *v. n.* 開始、著手做、出發

實用例句

➪如果每個人都準備好了，我們可以開始了。

If everyone is ready, we can **start**.

➪路途很長，我們必須早點出發。

It's a long trip; we'll have to **start** early.

➪那是一個好的開始。

That's a good **start**.

分析： begin和start後面可接動名詞和不定詞動
詞。

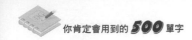

注意：leave是及物動詞，但start是不及物動詞，所以必須用from，指目的的介詞用for。

他從台北出發前往東京。

He started Taipei to Toyko. (✗)

He started from Taipei for Toyko. (○)

He left Taipei for Toyko. (○)

stop

〔stɑp〕 *n.*   停止、車站

       v. (*p. pp.*) (使) 停止、阻止 (stopped; stopped)

實用例句

➪你必須阻止她撒這種謊言。

You must **stop** her from telling such lies.

➪他停下來吸煙。

He **stopped** to smoke.

➪我要在下一站下車。

I'm going to get off at the next **stop**.

➪公共汽車停下了。

The bus came to a **stop**.

比較：stop to do　　　　　為了做…而停止
　　　stop doing　　　　停止做…
　　　stop sb. from doing...阻止某人做…(某事)

take

[tek]　v. (p. pp.)　拿(走)、取(走)、帶去、
　　　　　　　　　做、花費(時間等)、吃、
　　　　　　　　　喝、服用(藥等)、乘車(船)
　　　　　　　　　(took; taken)

實用例句

➪我要帶他們到動物園。

　　I'll **take** them to the zoo.

➪我花了8小時坐火車到這裡。

　　It **took** me eight hours here by train.

➪每餐後服用此藥。

　　Take this medicine after each meal.

➪他搭飛機到台北去。

　　He **took** a plane for Taipei.

詞組：
take a walk	散步
take a look	看一眼
take away	拿走
take down (off)	取下(脫掉衣服)

> take out　　　　　　取出
> take the train (a boat/a bus/a taxi)
> 坐火車 (船、公共汽車、計程車)

反義：bring v. 帶來

talk

〔tɔk〕　v. n.　　說、講、聊天、交談、說話

實用例句

⇨我有點事要和你談。

　I want to **talk** to you about something.

⇨她和女兒作了一次長談。

　She had a long **talk** with her daughter.

⇨我喜歡看電視裏的脫口秀節目。

　I enjoy watching the "**talk** show" on TV.

比較：talk和speak的分別：

　　　　1. talk指與少數人進行愉快、和睦的談
　　　　　 話。

　　　　2. speak指向多數人作單向的演說。

衍生：talker n. 說話者

teach

[titʃ] *v.* (*p. pp.*)　　教、教書 (taught; taught)

實用例句

⇨ 她教我兒子歷史。

　　She **teaches** my son history.

⇨ 他教這男孩踢足球。

　　He **taught** the boy playing football.

分析：teach 後面可跟單受詞或雙受詞，雙受詞
　　　　中可以有動詞不定詞、動名詞或子句。

衍生：teacher *n.* 老師

反義：learn *v.* 學習

tell

[tɛl] *v.* (*p. pp.*) 告訴，告知、講述、命令、吩
　　　　　附、區分 (與 can 連用) (told;
　　　　　told)

實用例句

⇨ 人們常常給一些孩子講關於動物的故事。

　　Some children are often **told** stories about

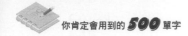

animals.

➪你是不是認為孩子們應按照吩咐行事?

Do you think children should do as they're **told**?

➪要我們分別這兩隻貓之間的區別是很困難的。

It's difficult for us to **tell** the difference between the two cats.

詞組 :	tell sb. a lie	向某人說謊
	tell sb. the news	告訴某人消息
	tell sb. the truth	告訴某人實話

注意 : 告訴某人不要做某事時,not要放在不定
詞符號之前。如:

Mother told me not to go there.

媽媽吩咐我不要去那裏。

wait

[wet] *v.* 等、等候、等待

實用例句

➪我們等公共汽車等了二十分鐘。

We **waited** 20 minutes for a bus.

⇨你能在校門口等我一會兒嗎？

Could you **wait** for me for a while at the gate of school?

⇨她沒有人可以服侍。

She has no one to **wait** on.

詞組：
wait on (upon) 服侍
wait for　　　等待

比較：wait和wait for的分別：
1. wait等待的是機會或時間 (即肉眼看不見的東西)。
2. wait for等待的是人或交通工具。

walk

〔wɔk〕 *v. n.*　　步行、走、散步

實用例句

⇨你是步行上班還是乘公共汽車上班?

Do you **walk** to work, or do you come by bus?

⇨她喜歡散步。

She likes **walking**.

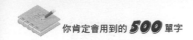

➪我通常在晚飯後散步。

I usually take a **walk** after supper.

➪從我家走到學校只要一分鐘。

It's just one minute's **walk** from my home to the school.

詞組：
go for a walk
take a walk ⎱ 散步
have a walk

want

〔wɑnt〕 *v.*　　要、想要、需要、必要

實用例句

➪你生日想要什麼禮物？

What do you **want** for your birthday?

➪我想要你教我做家庭作業。

I **want** you to help me with my homework.

➪這房子需要油漆一下。

The house **wants** painting.

詞組：
want to do　　想要
want sb. to do　想要某人做某事

分析：want後可直接跟名詞或動名詞，意為「必須、應當」。動名詞表示被動的意思，此時的主詞多為物。如：

你的外套該洗了。

Your coat wants washing.

=Your coat needs to be washed.

watch

〔watʃ〕 *n.* 手錶、懷錶

v. 觀看、注視

實用例句

➪你經常看電視嗎？

Do you often **watch** TV?

➪他們看著汽車開過去。

They **watched** the car go past.

➪我遺失我的手錶了。

I lost my **watch**.

詞組： watch out 小心

分析： 1. watch 為感官動詞，後面常接原形動詞或動名詞。

187

2. 以ch結尾的名詞複數要加es，但當字母組合ch發〔k〕音時，詞尾要加s，如：matches, stomachs。

welcome

〔'wɛlkəm〕 *n. v. a. int.* 歡迎

實用例句

➪ 歡迎回來！

Welcome home.

➪ 歡迎光臨台北!

Welcome to Taipei!

➪ 我們都起立歡迎她。

We all stood up to **welcome** her.

➪ 「謝謝你。」「不客氣！」

"Thank you." "You are **welcome**."

write

〔raɪt〕 *v. (p. pp.)* 書寫、寫下、寫(信)、寫作、著述 (wrote; written)

實用例句

➪請寫下你們聽到的內容。

　Please **write** down what you hear.

➪昨晚我寫了幾封信。

　I **wrote** some letters last night.

➪他已經寫了一些好的小説。

　He has **written** some good stories.

| 詞組： | write down | 寫下、記下 |
| | write to sb. | 給某人寫信 |

注意：write中的「w」不發音，所以與right讀
　　　音相同，類似的情況還有hour與our。

衍生：writer *n.* 作家、作者
　　　writing *n.* 寫作、書法

Chapter 4

身　份　篇

aunt

[ænt] *n.* 　　姑母、阿姨、伯母、舅母

實用例句

⇨那位年輕的女士是他的姑媽。

That young lady is his **aunt.**

反義：uncle *n.* 叔叔、伯伯、姑丈、舅舅

both

[boθ]　*pron.*　　兩者、兩人、雙方
　　　　adj.　　兩、雙

實用例句

⇨她和丈夫兩人都喜歡跳舞。

She and her husband **both** like dancing.

⇨他們兩人都很友善。

They're **both** friendly.

⇨他的雙親我都不認識。

I don't know **both** his parents.

句型：both A and B　　A、B兩者都

分析：1. 兩者用both，三者以上用all。
　　　2. both可以指人也可以指物，在句子中可以作主詞、受詞、同位語。
　　　3. both作主詞時，動詞一定要用複數。「我們倆都」應是 we both，而不是 both we，both of後接人稱代名詞時要用受格。

反義：neither *adj. pron.* (兩者) 都不

brother

〔'brʌðə〕 *n.*　兄弟、兄、弟、同志、同胞

實用例句

➭我有一個哥哥，一個弟弟。

I have an elder **brother** and a younger **brother**.

分析：brother指兄或弟，若要指明到底是年長的或年幼的兄弟，可在brother前加修飾語：younger brother (弟弟) 或elder brother (哥哥)。在口語裏，通常是在brother後加上其名字。

bus

[bʌs] *n.* 公共汽車 (*pl. buses*)

● 實用例句

⇨ 我們每天坐公共汽車上學。

We go to school by **bus** every day.

⇨ 他搭乘了一輛藍色的公共汽車。

He took a blue **bus**.

注意：上車和下車分別用get on a bus和get off a bus，乘車用by bus。

歸類：交通工具：

bus	公共汽車
car	小汽車
plane	飛機
boat	小船
ship	輪船
train	火車

child

[tʃaɪld] *n.* 孩子、兒童

(*pl. children* [ˈtʃɪldrən])

實用例句

➪四月四日是兒童節。

　　April the fourth is **Children's** Day.

➪三個小孩在操場上玩耍。

　　Three **children** are playing on the playground.

分析：child可指剛出生或未出生的小孩，也可指從幼兒至十四歲的兒童。當「孩子」解釋時，無年齡概念。

衍生：childish *adj.* 幼稚的
　　　　childhood *n.* 童年

---

country

〔'kʌntrɪ〕*n.*　　國家、農村、鄉下

實用例句

➪中國是一個歷史悠久的國家。

　　China is a **country** with a long history.

➪我在鄉下住了幾天。

　　I spent a few days in the **country**.

詞組：one's country 祖國

歸類：國家名稱知多少：

China	中國	Japan	日本
Korea	韓國	Philippines	菲律賓
Vietnam	越南	Thailand	泰國
Myanmar	緬甸	India	印度
America	美國	Canada	加拿大
Brazil	巴西	Argentina	阿根廷
England	英國	France	法國
Germany	德國	Italy	義大利
Spain	西班牙	Norway	挪威
Sweden	瑞典	Switzerland	瑞士
Australia	澳洲	New Zealand	紐西蘭

dear

〔dɪr〕 *adj.* 親愛的、寶貴的、昂貴的
　　　　n. 親愛的人
　　　　intj. 唉呀

實用例句

▷這封信是我的一位親密的朋友寫的。

This letter is written by a **dear** friend of mine.

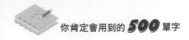

⇨它太貴。

It is too **dear**.

⇨哎呀,我打破了我的眼鏡。

Oh, **dear**! I broke my glasses.

分析:dear常用於信函的稱呼語中,D字母要大寫。如果是給親朋好友寫信,Dear後接的是名字,而不是姓氏。給不相識的、不知其姓名的人寫信一般也要用Dear,這與中文的習慣不同 (Dear Sir類似中文的「敬啓者」)。

doctor

〔'dɑktɚ〕 *n.* 醫生、博士

實用例句

⇨你最好去看醫生。

You'd better see a **doctor**.

⇨「他是做什麼的?」「他是醫生。」

"What does he do?" "He's a **doctor**."

注意:doctor是醫生的總稱,可簡寫成Dr. 表示職稱,例如:Dr. Smith (史密斯大夫)。

English

〔ˋɪŋglɪʃ〕 *n.* 英國人、英語

adj. 英語的、英國 (人) 的

實用例句

➪你是英國人嗎？

Are you an **English**?

➪你會講英語嗎？

Do you speak **English**?

➪那個英國村莊很美。

That **English** village is very beautiful.

➪在英國時他學了一點英語。

He learned a little **English** while he was in England.

注意： 1. English 指英語這門語言時，是不可數名詞，要表達「會一點兒、會很多英語」要用 a little, a lot 等來修飾。

2. English 指「英語」時一般不用冠詞。

3. English 指「英國人」時，一般要加定冠詞the，是英國人的總稱，後面的動詞用複數。

衍生： Englishman *n.* 英國 (男) 人

Englishwoman *n.* 英國 (女) 人

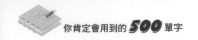

everyone

['ɛvrɪ,wʌn] *pron.* 每人、人人

實用例句

➪ 班上有十六個學生，每人都考及格了。

There are sixteen students and **everyone** of them passed.

➪ 每個人都愛自己的媽媽。

Everyone likes his or her own mother.

分析：1. everyone、everybody 雖然作單數用，但在口語中可使用複數代名詞。

2. everyone作主詞時，動詞用單數。

3. everyone和everybody都含有「人人」之意，但前者指說話者所熟悉的人，後者泛指所有的人。

比較：every one 與everyone 相比，前者通常用於物 (每一個) 而非人，後者指人。另外，every one在指人時，常與一個of引起的片語連用，而everyone後面不能跟of。

同義：everybody *pron.* 每人

family

['fæməlɪ] *n.* 家庭、家人、子女

實用例句

⇨ 我的家庭是個很大的家庭。

My **family** is very large.

⇨ 我全家人的個子都很高。

My **family** are all tall.

⇨ 你有子女嗎？

Do you have any **family**?

注意：family表示「全體家族」時，用作單數。
「每個表示家庭成員」時，用作複數。

father

['fɑðə] *n.* 父親

實用例句

⇨ 我把真相告訴了父親。

I told **Father** the truth.

⇨ 華盛頓被稱為美國國父。

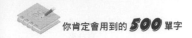

Washington is called the **Father** of the United States.

分析：指自己的父親，常作專有名詞，大寫首字母「F」，省去人稱代名詞所有格 my。

反義：mother *n.* 母親

---

friend

〔frɛnd〕 *n.*　　朋友、〔打招呼〕老兄

實用例句

▷瑪麗是我的一個老朋友，我們相識已經 16 年。

Mary's an old **friend**; we've known each other for 16 years.

注意：friendship *n.* 友誼

---

girl

〔gɝl〕 *n.*　　女孩

實用例句

▷我們班有 21 位女生。

There are twenty-one **girls** in our class.

反義：boy *n.* 男孩

man

〔mæn〕 *n.* (*pl. men* 〔mɛn〕) 成年男人、人、
人類 (僅用單數，
不加冠詞)

實用例句

⇨從軍會使你成為一個真正的男子漢。

The army will make a **man** of you.

⇨人總有一死。

All **men** have to die.

⇨人不能單靠麵包生活。

Man can not live by bread alone.

反義：woman *n.* 女人

member

〔'mɛmbɚ〕 *n.* 成員、會員

實用例句

⇨他是這個俱樂部的會員。

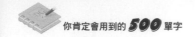

He is a **member** of the club.

➪他已成為一名黨員。

He has been a **member** of the Party.

---

miss

〔mɪs〕 *n.* 〔Miss〕小姐、女士（對未婚的女子的稱呼，放在姓和名前面）

v. 想念、思念、錯過

實用例句

➪我們的中文老師是李小姐。

Our Chinese teacher is **Miss** Lee.

➪我現在可以回家了嗎，小姐？

Can I go home now, **Miss**?

➪我會想你。

I'll **miss** you.

➪他跑得很快，但還是錯過了公共汽車。

He ran fast but **missed** the bus.

分析：Mr./Mrs./Ms.的用法：後面可以只接姓氏，或是接全名（名字+姓氏），不可以只接名字，例如：

Mr. Jones（瓊斯先生）(○)

Mr. John Jones（約翰‧瓊斯先生）(○)

Mr. John（約翰先生）(×)

mother

['mʌðɚ] *n.* 母親

實用例句

⇨我很愛我的母親。

I love my **mother** very much.

注意：稱呼自己的父母時，mother (father) 之前
可不加所有格，但第一個字母要大寫。

衍生：motherly *adj.* 母愛的、如母愛般的

Mr. (mister)

['mɪstɚ] *n.* 先生（用於姓氏之前）

實用例句

⇨布朗先生是我父親眾多朋友中的一個。

Mr. Brown is one of my father's friends.

注意：Mr.加在姓氏之前，若用「My name is...」
句型，則不能用Mr.帶出自己的姓氏。

parent

['pɛrənt] *n.*　父親或母親

實用例句

⇨約翰和瑪麗已經當上了父母。

　John and Mary have become **parents**.

分析：parents 指雙親，若是單親(不論父或母)，
　　　　則為 single parent。

people

['pipl] *n.*　人、人們、人民

實用例句

⇨參加會議的人很多嗎？

　Were there many **people** at the meeting?

⇨人們說他很聰明。

　People say that he is very clever.

注意：people 作主詞時，動詞用複數形式。

person

['pɜ·sn̩] *n.* 〔個人的〕人、〔輕蔑語〕傢
伙、風采

實用例句

▷你正是我要見的人。

You are just the **person** (who) I wanted to
see.

▷他風采很好。

He had a fine **person**.

注意：person為可數名詞，它的複數形式可以
是persons，也可以是people。

sister

['sɪstə·] *n.* 姐妹、女性的親友、〔天主
教〕修女

實用例句

▷我沒有姐妹，但我有一個哥哥。

I don't have any **sisters**, but I have one
brother.

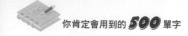
分析：英語中對姐姐和妹妹很少區分。如「她是我姐姐 (妹妹)」常用 "She is my sister." 而罕見 "She is my elder (younger) sister."

反義：brother *n.* 兄弟

---

son

〔sʌn〕 *n.*　　　兒子、男孩子、子孫、老弟

實用例句

⇨他有三個兒子，沒有女兒。

　He has three **sons** but no daughters.

⇨虎父無犬子

　He is his father's **son**.

巧記：The son is his sun.兒子就是他的太陽。

反義：daughter *n.* 女兒

---

teacher

〔'titʃɚ〕 *n.*　　教師、教員

實用例句

▷我爸爸是一個中文老師。

My father is a Chinese **teacher**.

詞組： a teacher of English=an English teacher
一位英文老師

分析： an English teacher重音應落在English上，
若將重音落在teacher上，則變為「英國
老師」之意。在英語會話中，稱呼老師
常用Mr, Miss和Mrs, Sir，一般不用Tea-
cher Wang或Wang Teacher。

uncle

〔ʌŋkl〕 *n.* 　叔、伯、舅、姑夫、姨夫

實用例句

▷帶我游泳去，叔叔！

Take me swimming, **Uncle**!

▷喬伊叔叔，你去哪裡了？

Uncle Joy, where have you been?

詞組： Uncle Sam
山姆叔叔(美國人和美國政府的外號)

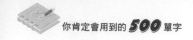
反義：aunt *n.* 姨、姑、伯母、舅媽

woman

〔'wumən〕 *n.* 婦女，女人 (*pl.* women 〔'wɪmɪn〕)

● 實用例句

⇨ 她真是一位漂亮的女人!

What a beautiful **woman** she is!

分析：由 man、woman 構成的複合名詞的複數，
構成的兩個部分都要變為複數。如：
women teachers; men servants; women friends。

比較：woman、lady 的分別：
1. woman 常是「成年女性」的一般用語。
2. lady 多指淑女或對 woman 的委婉說法。

Chapter 5

説 明 篇

ago

〔ə'go〕 *adv.* 以前、(自今)…前

實用例句

▷他十分鐘前離開了。

He left ten minutes **ago**.

▷我兩年前見過他。

I saw him two years **ago**.

注意：ago 不可用在現在完成式的句子中。

比較：ago是「從現在算起的以前」，表過去時間。before是指「過去某時起…以前」，表現在完成式，如：

我以前從未見過老虎。

I have never seen a tiger before.

answer

〔'ænsɚ〕 *v.* 回答、答覆
　　　　 n. 答覆、答案

實用例句

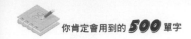

⇨ 我對他說早安，但是他沒有回答我。

I said good morning to him, but he gave no **answer**.

⇨ 請你解開這個謎好嗎？

Could you **answer** the riddle, please?

同義：reply *v.* 回答、答覆

反義：question *n.* 問題

---

anything

[ˈɛnɪˌθɪŋ] *pron.* 任何事（物）、一些事（物）

實用例句

⇨ 那盒子裏有什麼東西？

Is there **anything** in that box?

⇨ 你還有什麼別的事要說的？

Have you got **anything** else to say?

分析：1. anything 只用於否定句、疑問句。
　　　2. anything, something, nothing 與形容詞
　　　　 連用時，形容詞放在這些字的後面，
　　　　 例如anything special (任何特別的事)。

ask

[æsk] *v.*　　問、請求、要求

●實用例句

⇨問他要不要喝一杯。

　Ask him if he'd like a drink.

⇨他要求加入我們的團體。

　He **asked** to join our group.

分析：ask後面跟雙受詞時，間接受詞在前，直　　　　接受詞在後。

反義：answer *v.* 回答

相關：question *v.* 請求、要求、詢問

away

[ə'we] *adv.*　　離開、遠離、不在

●實用例句

⇨他們外出度假去了。

　They are **away** on holidays.

⇨李小姐不在家。

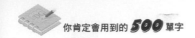

Miss Lee is **away** from home.

➪那個男人用最快的速度跑掉了。

The man ran **away** as fast as he could.

詞組：	go (run) away	走 (跑) 開
	be away	缺席、離開
	take away	拿開
	throw away	扔掉

back

[bæk] *n.* 背、後面、後部

adv. 向後、回原處

實用例句

➪這女人揹著嬰孩。

The woman was carrying the baby on her **back**.

➪這本詞典的後面附有許多有用的資料。

There is a lot of useful information at the **back** of the dictionary.

➪瑪麗向後看。

Mary looked **back**.

➪當你把書看完時，放回書架上。

Put the book **back** on the shelf when you've finished it.

反義：front *n.* 正面、前方、前面

bad

[bæd] *adj.*　　　壞的、質量差的、嚴重的

實用例句

⇨這條魚已變質。

The fish has gone **bad**.

⇨我得了重感冒。

I (have) got a **bad** cold.

衍生：badly *adv.* 壞地、差地、非常地

反義：good *adj* 良好的、善良的

beautiful

['bjutəfəl] *adj.* 美麗的、漂亮的

實用例句

⇨瑪麗有一條漂亮的裙子。

Mary has a **beautiful** skirt.

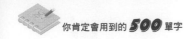
比較：beautiful、good-looking 和 pretty 都有「漂亮、好看」之意。

1. beautiful 可以指人、物，指人時一般用於女性。
2. good-looking 語氣比 beautiful 弱，指外表漂亮，用於男女均可。
3. pretty 可以指人、物，指人常用於小孩和青年女子，指物意為「小巧、可愛」。

巧記：-ful 是形容詞字尾，beauty 是名詞「美麗」的意思，合起來就是「美麗的」。

衍生：beautifully *adv.* 漂亮地

同義：fine *adj.* 美麗的

反義：ugly *adj.* 醜的、難看的

---

because

〔bɪˋkɔz〕 *conj.* 因為、因……、由於〔某種因素〕

實用例句

➪ 因為他遲到了，所以我很生氣。

I got angry **because** he was late.

➪因為那時天正下著大雨，所以我就回去了。

Because it was raining heavily, I went back.

分析：because 引導的原因副詞子句位置比較靈活，可以在主句前，也可在主句後。位於主句前時，一般用逗號隔開。

比較：because和for都可表示「因為」，作連接詞用。

　　1. because 一般用於回答 why 提出的問題，表示直接的理由，可用於口語和書面語。

　　2. for不能用於回答why提出的問題，只對上下文的因果關係進行解釋，常用於書面語。

become

［bɪˈkʌm］ v. (p. p.p.) 變得、成為 (became；become)

●實用例句

➪他成了國王。

He **became** a king.

➪它現已變為該國的一條法規。

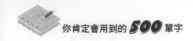

It has now **become** a rule in the country.

注意：become是連系動詞，用法與be有相似之處，但 be 表示的是「某種狀態」，become 則強調「變成某種狀態」，即強調動作的過程。become不要誤寫成 be come 兩個字。

比較：become (結果) 成為…

She become a famous writer.

她成了有名的作家。

grow (生長) 成為…

He has grown into a fine young man.

他已長成一個英俊的小夥子。

get (經時間的變化) 成為…

She'll soon get better again.

她不久就會康復。

big

[big] *adj.* 大的、長大的、偉大的

實用例句

⇨他們訪問了中國的許多大城市。

They visited many **big** cities in China.

比較：big 和 large 都有「大」的含義。

1. big指在面積、體積、數量、規模、程度方面大，常指具體事物，而少用於無形的東西，指人時可以指年齡大 (a big boy 一個大男孩)，也可以指心胸寬 (have a big heart 心胸廣大的)。

2. large常指體積、容積大 (a large coat 寬大的衣服)，指人時，常指身體的大小。

反義：small、little *adj.* 小的

cheap

〔tʃip〕 *adj.* 　　便宜的、收費低的

【實用例句】

⇨這個袋子很便宜。

The bag is very **cheap**.

分析：cheap既可以作補語，又可以作定語。作補語時，其主語應是商品，而不是price (價格)。

反義：expensive *adj.* 昂貴的

cold

[kold] *adj.* 冷的、寒冷的

n. 寒冷、著涼、 感冒

實用例句

➪外面很冷，小心別感冒了。

It's so **cold** outside. Be careful not to catch
a **cold**.

反義：hot *adj.* 熱的、炎熱的

colour

[ˈkʌlə] *n.* 顏色 (美式英語拼作 color)

實用例句

➪你的鋼筆是什麼顏色的?是黑色。

What **colour** is your pen? It's black.

衍生：colourful *adj.* 多彩的

colourless *adj.* 無色的

相關：顏色的用法：

red 紅 orange 橙

yellow	黃	green	綠
blue	藍	purple	紫
black	黑	white	白
silver	銀	brown	褐

dark

〔dɑrk〕 *adj.*　黑暗的、黑色的、深色的
　　　　 n.　　黑暗

實用例句

⇨光線太暗，以致不能看書。

　It's too **dark** to read.

⇨他有一頭深褐色的頭髮。

　He has **dark** brown hair.

⇨有些小孩怕黑。

　Some children are afraid of the **dark**.

注意：black 和 dark 都有「黑」之意。在形容某
　　　物時，black 的反義字是 white，dark 的反
　　　義字是 bright。

衍生：darkness *n.* 黑暗

反義：bright *adj.* 明亮的

down

[daʊn] *adv.* 　向下、往下、倒下
　　　 prep. 　沿著 (街道、河流) 向下

● **實用例句**

⇨那個男子彎下腰去吻小孩。

The man bent **down** to kiss the child.

⇨他奔下山去。

He ran **down** the hill.

⇨他們就住在街的那一頭。

They live just **down** the road.

⇨今天下午他想和你一起到市區去。

He wants to go **down** town with you this afternoon.

分析：down 作副詞時表示「下樓」、「落下」、「下降」等意義。

衍生：downstairs *adv.* 在樓下、到樓下
　　　downwards *adv.* 朝下地

反義：up *adv.* 向上地

dry

[draɪ]　　　*adj.* 乾燥的、乾的
　　　　　　v. 使…乾燥

實用例句

➪ 三個月沒下雨，土地都乾了。

The land is **dry** because it has not rained for three months.

➪ 請用這條毛巾把盤子擦乾。

Please **dry** the dish with the towel.

衍生：dryness *n.* 乾燥

　　　dryclean *v.* 乾洗

反義：wet *adj.* 濕的

each

[itʃ]　　*adj.*　　每個的、各自的
　　　　　pron.　每個、每人、每件
　　　　　adv.　　各個地

實用例句

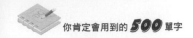

⇨他們每人都想做不同的事情。

　They **each** want to do something different.

⇨她把蛋糕切成塊,給孩子們每人一塊。

　She cut the cake into pieces and gave one to **each** of the children.

⇨我們互相道別。

　We said goodbye to **each** other.

詞組：　each other=one another 互相

分析：　1. each 作副詞時其位置可在句末,也可在句中。在句中時一般放在助動詞或 be 動詞的後面。

　　　　2. each 作主詞時,其後的動詞要用單數。

　　　　3. each of 後面的名詞一定要有限定詞,如冠詞、人稱代名詞、指示代名詞的修飾限制,且需用複數。

比較：　each 和 every 都有「每個」的意思,都是既可指人,也可指物。each 強調個體,而 every 強調全體。凡是用 every 的地方,都可用「all+複數名詞」來取代。

---

easy

〔'izɪ〕 *adj.*　　容易的

（實用例句）

⇨約翰容易滿足。

John is **easy** to please.

⇨第一課比第二課容易。

Lesson One is **easier** than Lesson Two.

衍生：easily *adv.* 容易地

反義：difficult; hard *adj.* 困難的

---

evening

［'ivnɪŋ］ *n.*　　傍晚、晚上

（實用例句）

⇨你今天傍晚打算出去嗎？

Are you planning to go out this **evening**?

⇨你哥哥晚上做什麼？

What does your brother do in the **evening**?

比較：1. evening 與 night 都指晚上。晚上見面
　　　　時，不論多晚，都習慣說 Good even-
　　　　ing! (晚安!) 晚上分別時不論多早，都
　　　　習慣說 Good night! (祝你晚安!)
　　　2.「在晚上」用介詞in，如果說「某一天

的晚上」要用介詞on。

what do you usually do in the evening?

你晚上通常在做什麼？

We usually eat out on Saturday evening.

我們一般在星期六晚上出去吃飯。

歸類：早、中、晚你都會表示嗎？

morning (早上)

noon(正午)

afternoon(下午)

evening (晚上)

---

every

[ˈɛvrɪ] *adj.*　　每一、每個的 (後接單數名詞)

實用例句

⤴我相信他說的每一句話。

I believe **every** word he says.

⤴她母親每隔2小時來看她的小寶寶一次。

Her mother came to see her little baby **every** two hours.

詞組：every time *每次*

分析：1.形容詞 every 意思指全體，但形式上它只能修飾單數可數名詞。

2. 可以與數字＋名詞連用，表示「每隔…
時間一次」，例如every three days (每
隔三天)。

everything

['ɛvrɪ,θɪŋ] *pron.* 每件事 (作單數用)、每
樣東西

【實用例句】

⇨ 晚會的一切都已準備妥當。

Everything is ready now for the party.

⇨ 老人已盡了全力來幫助她。

The old man has done **everything** possible to help her.

分析：1. everything 作主詞時，動詞用單數。
2. everything的修飾語一般放在後面。

everywhere

['ɛvrɪ,hwɛr] *adv.* 到處、無論哪裡

【實用例句】

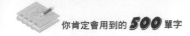

⇨我找遍各處，但是找不到。

I can't find it, though I've looked **every-
where**.

⇨我到哪裡，她跟到哪裡。

She follows me **everywhere** I go.

eye

[aɪ]　 *n.*　　眼睛

實用例句

⇨她有一雙藍眼睛。

She has blue **eyes**.

⇨向右（左、前）看!（軍訓口令）

Eyes right (left/front)!

⇨她眼睛是黑色的。

She has dark **eyes**.

⇨她有黑眼圈。

She has black **eyes**.

far

[fɑr]　 *adj.*　　遠的
　　　　 adv.　　遠地

實用例句

⇨我們步行好嗎？路不遠。

　Shall we walk? It's not **far**.

⇨他在街道的那一邊。

　He was on the **far** side of the street.

⇨更遠的農場在十英里之外。

　The **farther** farm is ten miles away.

⇨我沒有別的話要說。

　I have nothing **further** to say.

詞組： far away　　　遙遠

注意： far的比較級：

　　　　1. farther, farthest表示「距離遠近」

　　　　2. further, furthest表示「程度深淺」

比較： far常用於疑問句、否定句，肯定句中常

　　　　用a long way：

　　　　He went a long way.

　　　　他走遠了。

　　　　He did not go far.

　　　　他沒走遠。

　　　　How far is it to the station?

　　　　到車站有多遠?

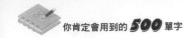
反義：near *adj. adv.* 近的、近地

---

fast

[fæst] *adj.* 快的、迅速的

adv. 快地、迅速地

實用例句

➪他們喜歡節奏快的音樂。

They like **fast** music.

➪他越跑越快。

He ran **faster** and **faster**.

比較：fast 指動作或速度快、迅速，quick 強調
行動的敏捷。如：

我搭乘了一架高速飛機。

I took a fast plane.

他學得很快。

He is quick at learning.

---

feel

[fil] *v. (p. pp.)* 摸、觸、感覺、覺得 (felt;felt)

實用例句

⇨醫生摸摸我的手臂，看看是否斷了。

The doctor **felt** my arm to find out if it was broken.

⇨我覺得很幸福。

I **felt** very happy.

⇨我感到大地在晃動。

I **feel** the ground shake.

⇨我不想睡覺。

I don't **feel** like sleeping.

句型：to feel+形容詞　　感到…

feel like doing sth. 需要、想要…

歸類：1. feel happy (sad/hungry/cold/hot) 感到高興 (難受、餓、冷、熱)，此時 feel 是系動詞。

2. feel sb./sth. +原形動詞，此時 feel 和 see, watch, look at, listen to, hear, let, have, make 一樣，後面也跟不帶 to 的不定詞。

注意：feeling *n.* 感覺、感情

feeler *n.* 觸角

fine

〔faɪn〕 *adj.* (身體) 很好、健康的、美好的、晴朗的

實用例句

➩我們擁有一棟漂亮的房子。
We have a **fine** house.

➩「嗨，你好嗎？」「很好啊，謝謝，你呢?」
"Hi. How are you?" "**Fine**, thank you, and you?"

➩我們在晴天的早上做運動。
We take exercise in the **fine** morning.

注意：fine作「晴朗的」，既可作形容名詞，又可作名詞。當fine作「(身體)好的」時，不能作名詞，只能作形容詞。

forget

〔fɚ'gɛt〕 *v.* (*p. pp.*) 忘記、忘掉 (forgot; forgotten)

實用例句

⮑她請我去她家作客，我卻忘記了。

　She asked me to visit her, but I **forgot** about it.

⮑我永遠忘不了和你初次見面的情景。

　I'll never **forget** meeting you for the first time.

⮑別忘了六點鐘和她見面。

　Don't **forget** to meet her at six.

注意：I forget it表示「想不起來」。
　　　"What is her name?"　"I forget it."
　　　「她叫什麼名字？」「我想不起來了。」

比較：forget to do sth.　　忘記去做某事
　　　forget doing sth.　　忘記已做過某事

反義：remember *v.* 記得

full

[ful]　　*adj.*　　充滿的、滿的、飽的、完全的

●實用例句

⮑這位醫生忙了一整天。

　The doctor had a very **full** day.

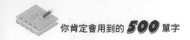

➪他們飽餐了一頓。

He had a **full** meal.

➪他得了滿分。

He got a **full** mark.

詞組：be full of 充滿

比較：be full of　裝滿…的
　　　　fill...with　用…裝滿

反義：empty *adj.* 空的

---

glad

〔glæd〕 *adj.*　　高興的、樂意的

實用例句

➪我很高興他得到了那個職位。

I'm **glad** that he's got the job.

句型：be glad to do　樂於做…
　　　　be glad at sth.　因…而高興

反義：sad *adj.* 悲傷的、難過的

good

[gud] *adj.* 好、良好

實用例句

▷她是一位傑出的舞者。

She's a **good** dancer.

▷你在晚會上玩得愉快嗎?

Did you have a **good** time at the party?

詞組: be good at　　精通
　　　　 be good for...　對…有益

注意: 談及一個人的身體好時,不用 good,而用 well 或 fine。

good用於問候語中。例:

Good morning! 早安!
(可用於見面和分別時)

Good afternoon! 午安!
(可用於見面和分別時)

Good evening! 晚安!
(用於晚上見面時)

Good night! 晚安!
(用於晚上分別時)

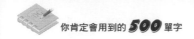

衍生：goodness *n.* 善良、仁慈

反義：bad *adj.* 不好的、惡劣的

---

hurry

〔'hɝ-ɪ〕 *v. n.*　趕緊、急忙

實用例句

⇨不用急，我們還不算晚。

Don't **hurry**, we're not late.

⇨他匆匆地趕在一輛汽車前面穿過了馬路。

He **hurried** across the road in front of a car.

⇨不要把車開得這麼快，沒有必要急急忙忙。

Don't drive so fast, there is no **hurry**.

⇨我急忙趕回家。

I was in a **hurry** to go home.

詞組：

hurry up	趕緊
hurry home	急於回家
hurry off	匆匆走開
in a hurry	急忙

large

[lardʒ] *adj.* 大的、巨大的

● 實用例句

⇨我有一個大家庭，需要一間寬敞的房子。

I have a **large** family and I need a large house.

注意：在談到人口 (population) 多的時候，只能用large和small，而不能說big或many等其他的字。

反義：small *adj.* 小的

同義：big *adj.* 大的

late

[let] *adj.* 晚的、遲的、深夜的、已故的
adv. 晚地、遲地、黃昏地

● 實用例句

⇨火車晚了10分鐘。

The train was 10 minutes **late**.

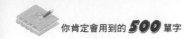

⇨今早他起床晚了。

He slept **late** this morning.

⇨湯姆上學遲到了。

Tom was **late** for school.

| 詞組： | be late for | 遲到 |

分析： 1. late的形容詞和副詞同形，不要把lately
誤理解為「遲到」，而是「最近」。

2. sleep late的意思不是「睡得晚」，而是
「起床晚」，相當於get up late。

比較： late指較一定時間而遲的，slow指速度、
動作慢的。

衍生： lately *adv.* 最近

反義： early *adj. adv.* 早的、早地

leave

[liv] *v. (p. pp.)* 離開、把…留下 (left;left)

實用例句

⇨我希望他們趕快離開，我想去睡覺了。

I hope they'll **leave** soon, I want to go to bed.

➲你什麼時候去台灣?

　　When do you **leave** for Taiwan?

➲郵差留下一封信給我們。

　　The postman **left** a letter for us.

詞組：　leave for...　　動身去…

　　　　leave A for B　　離開 A 地動身去 B 地

注意：　leave 是連綴動詞，不能延續，因此不能
　　　　與表示一段時間的副詞連用。「離開巴
　　　　黎」要說 leave Paris，而不說 leave from
　　　　Paris，「前往巴黎」要說 leave for Par-
　　　　is，而不說 leave to Paris。

比較：　「遺忘、遺留」可用leave或forget。

　　　　1. leave多與表示場所的地點運用。

　　　　2. forget常不與地點連用而是指行為，
　　　　　　如：

　　　　　　I left my umbrella in the train.

　　　　　　我把傘忘在火車上了。

　　　　　　I've forgotten my umbrella.

　　　　　　我把傘忘了。

left

[lɛft] *n.*   左邊
        adj.   左邊的
        adv.   向左

●實用例句

⇨這家商店在街道的左邊。

　The store is on the **left** side of the street.

⇨沿著這條街走,在第一個路口向左轉。

　Go along the street and turn **left** at the first
　crossing.

注意: 1. left 和 leave 的過去式、過去分詞一模
　　　　一樣,但意思、詞性絕對不同。
　　　2. left作名詞用時,常跟定冠詞the;前面
　　　　有代名詞所有格時,不用the。
　　　3.「在左邊」可用介詞on或at。

反義: right *adj. n. adv.* 右的、右、向右

little

[ˈlɪtl] *adj.*   小的、少的、幾乎沒有
        adv.   很少地
        n.   沒有多少

●**實用例句**

➪她太小，不會騎自行車。

　She's too **little** to ride a bike.

➪我沒剩下什麼錢。

　I have very **little** money left.

➪他是不出名的藝術家。

　He is **little** known as an artist.

➪「你會說英語嗎？」「會一點。」

　"Do you speak English?"　"Only a **little**."

比較：little (否) 很少、幾乎沒有 ⎫
　　　a little (肯) 少量的一點兒 ⎭ ＋不可數名詞
　　　few (否) ⎫
　　　a few (肯) ⎭ ＋可數名詞

反義：big, large *adj.* 大的

---

long

〔lɔŋ〕 *adj.* 　〔指距離〕長、遠、〔指時間〕
　　　　 adv. 　長久地

●**實用例句**

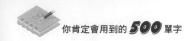

⇨黃河有多長?

　How **long** is the Yellow River?

⇨她的演講有多長時間?

　How **long** was her speech?

⇨他才回來不久。

　He hasn't **long** been back.

⇨我不能再走了。

　I can not walk any **longer**.

> 詞組： before long=soon 很快 (用於未來式)
> long before 很久以前 (用於過去式)
> no longer 不再
> =not...any longer

反義： short *adj.* 短的

---

lot

[lɑt] *n.*　　　很多、大量

● **實用例句**

⇨他有很多朋友。

　He has a **lot** of friends.

⇨宴會上有許多清涼飲料可以喝。

There were **lots** of soft drinks at the party.

➲多謝。

Thanks a **lot**.

分析：a lot of，lots of口語中常用於肯定句，可
修飾可數名詞及不可數名詞。在疑問句
及否定句中，表示「許多」要用many和
much。

many

['mɛnɪ] *pron.*　許多人（或物）
　　　　 adj.　　許多的

實用例句

➲這裏的人太多了。

There are too **many** people here.

➲現在許多人在學電腦，但很少有人能精通。

Now **many** people are learning computer,
but not **many** of them can master it.

詞組：
a good (great) many　許多、很多
how many　　　　　　多少

比較：many用來修飾可數名詞，much修飾不可

數名詞，a lot of 既可修飾可數名詞，又可修飾不可數名詞。

middle

['mɪdḷ] *n.* 中部、中間、當中

實用例句

⇨他把玫瑰花種在花園的中間。

He planted rose trees in the **middle** of the garden.

⇨我正在讀中學。

I'm in the **middle** school.

詞組：in the middle of

在…中間 (時間、空間、物體)

比較：1. middle 指長形物體的中間，如：道路的中間，一段時間的中間。

2. center 指圓形、球形或市區等的中間。

衍生：midnight *n.* 午夜

middle school *adj.* 中學的

middle aged *adj.* 中年的

most

[most] *pron.* 最多數
adj. adv. 最多
n. 大多數、大部分

實用例句

⇨這是我所看見過最漂亮的花。

This is the **most** beautiful flower I've ever seen.

⇨大多數人在夏季去渡假。

Most people take their holidays in the summer.

⇨最多有六個人。

There were six people at **most**.

詞組: at (the) most 至多、充其量

分析: "most of+名詞"作主詞時，動詞以名詞的單複數為準。如：

Most of the apples were eaten.

大部分蘋果被吃掉了。

Most of the apple was eaten.

這顆蘋果被吃掉了一大半。

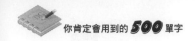

注意：most還可作「非常、很」解釋，修飾形容詞和副詞，此時不用加「the」。

---

mouth

〔mauθ〕 *n.* 嘴 (*pl.* mouths)

實用例句

⇨ 我們用嘴吃東西。

We eat food with our **mouths**.

注意：mouth 與 month 兩者間音形義的區別。

---

much

〔mʌtʃ〕 *n.* 大量、許多
    adj. 大量的、許多的
    adv. 非常、更加

實用例句

⇨ 沒有太多時間了。

There is not very **much** time left.

⇨ 這要多少錢？

How **much** does it cost?

⇨非常感謝你。

　Thank you very **much**.

⇨我比湯姆吃得多。

　I ate **much** more than Tom.

> 詞組： as much as　　　像…一樣多
> how much　　　多少

> 比較：1. much 作副詞用，可以修飾動詞、形容
> 詞和副詞。very 也可以作副詞用，修
> 飾形容詞和副詞，但不能直接修飾動
> 詞。
> 2. much 多用來修飾由過去分詞演變成的
> 形容詞，very 多用來修飾由現在分詞
> 演變而來的形容詞；另外，very 不能
> 修飾只能用作補語的形容詞。

near

〔nɪr〕　*adj.*　　近的、不遠的

　　　　adv.　　附近、鄰近

　　　　prep.　　靠近、離…不遠

實用例句

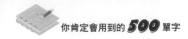

➪到最近的一棵蘋果樹上去摘一顆蘋果。

Go and pick an apple from the **nearest** tree.

➪老師們和我住得很近。

My teachers and I live quite **near**.

注意：near和close之間作「近的」解釋時是幾乎一樣的，但在某些固定的片語中不能互換：如the near future (不久的將來)，a close friend (一個親密的朋友)。

衍生：nearly *adv.* 幾乎、將近

同義：close *adj.* 近的

反義：far *adj.* 遠的

need

[nid] *n.*   需要、必要

v.   需要

aux. v.   需要 (情態動詞，用於否定句和疑問句)

實用例句

➪醫生告訴我必須好好休息。

The doctor told me that I **needed** a good

248

rest.

⟡患難之交才是真正的朋友。

A friend in **need** is a friend indeed.

⟡「你們是否必須立刻就走?」

"**Need** you go at once?"

⟡「不,用不著。」或「是的,必須走」。

"No, we **needn't**." or "Yes, we must."

分析:肯定回答:Yes, ~must.
　　　否定回答:No, ~needn't.

never

['nɛvɚ] *adv.* 決不、從來沒有

實用例句

⟡我從沒碰到過這麼奇怪的人。

I have **never** met such a strange man.

⟡晚上別忘了鎖門。

Never forget to lock the door at night.

分析:1. never 放在系動詞、情態動詞、助動詞
　　　　之後,放在實義動詞之前。
　　　2. never 放在句首時,句子需要倒裝。

new

[nju] *adj.* 新的、新鮮的

實用例句

⇨ 你見過她的新車嗎？

Have you seen her **new** car?

⇨ 今天我見到許多新生。

Today I saw many **new** students.

詞組：
| New Year | 新年 |
| New Year's Eve | 除夕 |

衍生：newly *adv.* 新近、近來
newcomer *n.* 新來的人

反義：old *adj.* 舊的

next

['nɛkst] *adj.* 其次的、緊接著的
adv. 接著、然後、下一步

實用例句

⮡如果我趕不上這班火車，就趕乘下一班。

If I miss this train I'll catch the **next** one.

⮡接著你要做什麼？

What will you do **next**?

⮡我們下一次見面時，我把答案告訴你。

I'll tell you the answer when we **next** meet.

分析：next+時間 (要注意有無the)

next+ week/month/year 以現在時間爲基準

the next week/month/year 以過去時間爲基準

---

nice

〔naɪs〕 *adj.* 令人愉快的、美好的

實用例句

⮡多麼令人愉快的一天!

What a **nice** day!

⮡你那樣做真是太好了。

How **nice** of you to do that!

衍生：nicely *adv.* 好地、愉快地

相近：good *adj.* 好的

nobody

〔'nobɑdɪ〕 *pron. n.* 沒有人、誰也不

實用例句

➪這兒沒有人。（=這兒一個人也沒有）

There's **nobody** here. (=There isn't anybody here)

➪沒有人會說法語。

Nobody could speak French.

反義：anybody *pron. n.* 任何人

nose

〔noz〕 *n.* 鼻子、尖部、嗅覺

實用例句

➪這條狗嗅覺很靈。

The dog has a good **nose**.

注意：「他的鼻子是高的」應該用He has a big nose而不是用He has a high nose。

not

[nɑt] *adv.* 不、沒…

實用例句

▷ 今天不是星期天。

Today is **not** Sunday.

▷ 我們不再是朋友了。

We are **not** friends any longer. (=We are no longer friends.)

▷ 「非常感謝。」「別客氣。」

"Thank you very much." "**Not** at all."

▷ 他不像他兄弟那樣窮。

He is **not** so poor as his brother.

詞組： not any longer =no longer   不再

not...at all   一點也不

句型： Not at all. 不用謝、別客氣。

not so...as = not as...as 不像…那樣、不如 …那樣

分析： 1.否定詞not在句子中表示否定時，用在 be 動詞或助動詞之後、一般動詞之

前。還可直接用在分詞和不定詞之前
構成其否定式。

2. not在 all, always, both, every, quite 前面
表示部分否定。

nothing

['nʌθɪŋ] *pron. n.*　沒有東西、沒有什麼

實用例句

⇨ 晚報上沒什麼好消息。

There is **nothing** good in the evening newspaper.

⇨ 除了霧，我們什麼都看不見。

We could see **nothing** but fog.

詞組：nothing but... = only 除了、僅僅

分析：形容詞放置其後。

反義：anything *pron. n.* 任何事，任何物

old

[old] *adj.*　　年老的、舊的、古老的

實用例句

▷你多大年紀了?

How **old** are you?

▷我家附近有一座古老的橋。

There is an **old** bridge near my home.

說明：1. older, oldest 多表示年齡大小，elder 多表示年齡的長幼次序。

2. an old book 指「古老的、從前的書」，而「舊書」用 a used book, a secondhand book。

one

〔wʌn〕 *a.* 一個的、同一的、〔二者〕其中之一的

n. pron. 一個、一歲、一時

實用例句

▷只來了一個人。

Only **one** person came.

▷我有一個橘子。

I have **one** orange.

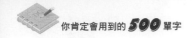
⇨「那個人是誰？」「哪個？」「穿黑衣服的那個。」

　　"Who is that man?" "Which **one**?"
　　"The **one** in black."

⇨那些襯衫太大了，我想要些小件的。

　　Those shirts are too big. I want small **ones**.

詞組	one by one	一個接著一個、一個一個地
	one after another	一個接著一個、陸續

分析：避免同一名詞重複，可用 one (s) 代替，指不特定的東西。

---

out

〔aut〕 *adv.* 　　離開、向外、在外

實用例句

⇨媽媽出去了，不在家。

　　My mother is **out**. She is not in.

⇨不要往窗外看。

　　Don't look **out** of the window.

詞組: out of...　　　向外

---

over

['ovɚ] *prep.*　在…上方(以上)、在…之上、
　　　　　　　越過…、翻過、遍及

實用例句

⇨電燈正好在桌子的正上方。

The light is **over** the table.

⇨我不敢越過牆。

I didn't dare to jump **over** the wall.

⇨他們遊遍了全國。

They travelled all **over** the country.

⇨七歲和七歲以上的孩子可以上學。

Children of seven and **over** can go to
school.

⇨對不起，聚會已經結束了。

I'm sorry, but the party is **over**.

詞組:　over there　　在那兒
　　　over and over again
　　　　　　　　　　一次又一次，再三
　　　over again　　再一次、重複

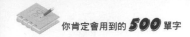

比較：over 指正上方 ，有蓋在上面一帶之意，
above是離開…之上一點，on指附著在…
上面。

反義：under *prep.* 在…之下

part

〔part〕 *n.* 部分

（**實用例句**）

➪你住在城裏的哪一部分?

Which **part** of the town do you live in?

➪把蛋糕切成八份。

Cut the cake into eight **parts**.

詞組：| a part of...	…的一部分
take part in	參加

poor

〔pur〕 *adj.* 貧窮的、可憐的、不好的

（**實用例句**）

▷那個可憐的老人在戰爭中失去了僅有的兩個
　兒子。

The **poor** old man had lost both his sons in
the war.

▷窮人們紛紛離開家園。

The **poor** have left home one after an-
other.

▷她的法語說的不好。

Her French is **poor**.

注意：the poor 表示「所有的窮人」，是複數概
　　　念，動詞要用複數形式。

衍生：poorly *adv.* 貧窮地、不好地

反義：rich *adj.* 富的、有錢的

---

problem

[ˈprɑbləm] *n.*　　問題、難題

實用例句

▷工人們正在討論一個難題。

The workers are discussing a **problem**.

比較：question和problem都作「問題」解釋：

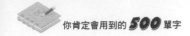

1. question 指一般性的，並待解決的問題。
2. problem 指難以解決、處理的「難題」。

quick

〔kwɪk〕 *adj.*　快、迅速的
　　　 adv.　（口語）快、迅速

實用例句

⇨她學得很快。

She is **quick** at learning.

⇨別說得這麼快。

Don't speak so **quick**.

詞組：	quick frozen foods	快速冷凍食品
	have quick wits	有機智的

比較： quick有即刻動作之意
　　　 fast是動作上的迅速
　　　 early是時間上的早

衍生： quickly *adv.* 快地

反義： slow *adj.* 慢的

quiet

〔'kwaɪət〕 *adj.* 安靜的、不動的、平安的、樸素的

實用例句

⇨ 教室裏靜悄悄的。

It is **quiet** in classroom.

⇨ 他們過著寧靜的生活。

They had a **quiet** life.

衍生：quietly *adv.* 安靜地

同義：silent *adj.* 沈默的、安靜的

quite

〔kwaɪt〕 *adv.* 完全、十分、相當、的確

實用例句

⇨ 這兩隻狗看起來很不一樣。

This two dogs look **quite** different.

⇨ 我非常快樂。

I am **quite** delightful.

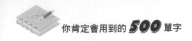

你肯定會用到的 *500* 單字

➪我很孤單。

　I was **quite** alone.

分析：not quite 表示部分否定「不完全是那樣
　　　子」。

remember

[rɪ'mɛmbɚ] *v.*　　記得、想起、回憶起

實用例句

➪我想不起是怎麼到那兒的。

　I can't **remember** how to get there.

➪我當然替你寄發了信。我記得我寄了。

　Certainly I posted your letter. I **remember**
　posting it.

➪別忘了替我把信寄出。

　Remember to post my letter.

比較：remember+to do 記得將要做的事 (未來)
　　　remember+doing 記得曾做過的事 (過去)

short

[ʃɔrt] *adj.*　　短的、矮的、短暫的、近的、
　　　　　　　　缺乏的

實用例句

⇨那兒離這裏很近。

It's only a **short** way from here.

⇨他是個矮子，比他的妻子還矮。

He is a **short** man, shorter than his wife.

⇨這個星期我的錢不夠用，你能借我一點嗎？

I'm **short** of money this week. Can you
lend me some?

詞組： be short of... 　缺少…、不足

衍生： shorten *vt.* 使短、縮短
　　　　shortage *n.* 不足
　　　　shortly *adv.* 短地、不久

反義： tall *adj.* 高的
　　　　long *adj.* 長的

---

sick

〔sɪk〕 *adj.* 　有病的、生病的、想吐的、厭
　　　　　　　惡的

實用例句

⇨他已病了一個星期了。

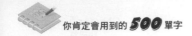

He has been **sick** for one week.

⇨那事我聽膩了。

I'm **sick** and tired of hearing it.

相關：seasick *adj.* 暈船

carsick *adj.* 暈車

homesick *adj.* 想家的

---

slow

[slo] *adj.* 慢的、緩慢的

adv. 慢地

實用例句

⇨公共汽車開太慢，使我上學遲到了。

The bus was so **slow** that I was late for school.

⇨約翰比其他人跑得慢。

John ran **slower** than the others.

衍生：slowness *n.* 慢

slowly *adv.* 慢地

反義：fast, quick *adj.* 快的

some

〔sʌm〕 *adj.* 一些、若干、(全體中的有些、一部分)、某一人或物(修飾單數名詞)

pron. 若干、一些

實用例句

▷那些故事中有些非常好。

Some of those stories are very good.

▷他所做的事想必有什麼原因。

There must be **some** reasons for what he did.

比較：some 和 any 意義相同，但用法不同：some 用在肯定句中，any 用在否定句和疑問句中，但期待對方給予肯定的回答要用 some，如：Will you have some coffee?你要喝咖啡嗎？

衍生：somebody *pron.* 有人、某人
someone *pron.* 某一個
something *pron.* 某物 (事、東西)

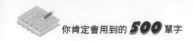

someone

['sʌmˌwʌn] *pron.* 有人、某人

實用例句

⇨你最好請個人幫助你。

You'd better ask **someone** to help you.

同義：somebody *pron.* 有人、某人

something

['sʌmθɪŋ] *pron.* 某事（物）

實用例句

⇨我正在找較便宜的東西。

I was looking for **something** cheaper.

already

[ɔl'rɛdɪ] *adv.* 已經、早已

實用例句

⇨我已經看過這部電影了。

I've seen the movie **already**.

⇨你都已經做完了！

You have finished it **already**!

分析：already常用在現在完成式的句子中，有
時為了強調，也可放在句子的最後面。

比較：already主要用於肯定句中，yet主要用於
疑問句和否定句中，兩者皆常用於完成
式。

巧記：ready有「準備」的意思，al 可以解釋為
是all的變體，一切準備好了，事情不就
是already「已經」完成了大半嗎？

---

sorry

〔'sɔrɪ〕 *adj.* 難過的、對不起、遺憾的

實用例句

⇨對不起，讓你久等了。

I'm **sorry** to have kept you waiting so long.

⇨我為那位老太太感到難過。

I feel **sorry** for that old woman.

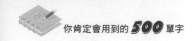

語法：sorry不可直接用在名詞前。

分析：許多場合，中文是說「對不起」而英文
卻說 "Thank you"，如我們要到前面
去，別人把路讓開，讓我們通過，這時
應 說 "Thank you." 而 不 是 "I'm sor-
ry."。

比較：1. I'm sorry用於犯錯誤時向人賠罪。
2. Excuse me則用於會妨礙別人、打擾別
人時。

strong

〔strɔŋ〕 *adj.*　　〔身體〕強壯的、強健的、強
有力的
〔證據〕有力的、強硬的
〔酒、茶〕烈的、濃的

實用例句

⇨她病後身體不太強壯。

She is not very **strong** after her illness.

⇨他有堅強的意志。

He has a **strong** will.

注意：「他英文很棒的」有兩種說法：

He is good at English.

He is strong in English.

反義：weak *adj.* 弱的、虛弱的

sweet

[swit] *adj.* 甜的、甜美的、可口的、音調美妙的

　　　n. 糖果、甜點

實用例句

➪他不喜歡吃甜食。

　He didn't like **sweet** food.

➪小孩子喜歡吃糖果。

　Children love **sweets**.

注意：糖果指軟糖、棒棒糖、水果糖等，美語稱為candy。

　　　甜點包括 pie（派餅）、pudding（布丁）、ice cream（冰淇淋）、jelly（果凍）等。

反義：bitter, sour *adj.* 苦的、酸的

tall

[tɔl] *adj.* 高的、大的、誇大的

實用例句

⤷他身高6呎。

He is 6 feet **tall**.

⤷我的家鄉有一些高樓大廈。

There are some **tall** buildings in my home town.

比較：tall和high的分別：

1. tall用於人、動物、植物、建築物，a tall building指細而高的建築。

2. high用於山和建築物，a high building指寬度和高度都相當大的建築物。

反義：short *adj.* 矮的

telephone

['tɛlə,fon] *n.* 電話
　　　　　　 v. 打電話

實用例句

⤷我本想打電話給你的，但當時不知你的電話號碼。

I had wanted to **telephone** you, but I didn't know your phone number.

詞組：on (over) the telephone
透過電話、在電話裏
telephone number 電話號碼
telephone box 電話亭
telephone receiver 聽筒
public telephone 公用電話
picture telephone 視訊電話
movable telephone 手機
radio telephone 無線電話

同義：phone *n. v.* (打) 電話

turn

[tɝn] *v.* 旋轉、轉動、翻轉、轉變

實用例句

➪她把鑰匙塞進鎖裏轉動了一下。

She **turned** the key in the lock.

➪請翻到二十二頁。

Please **turn** to page 22.

➪酷熱把草都烤黃了。

The heat has **turned** the grass brown.

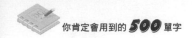

詞組：

turn around	向後轉
turn off	關掉
turn on	打開 (扭開)
turn out	關掉、生產

衍生：turning *n.* 拐彎處

usually

[ˈjuʒʊəlɪ] *adv.* 通常，經常

● 實用例句

➪他經常很早起床。

He **usually** gets up early.

➪我早上通常會喝一杯咖啡。

I **usually** have a cup of coffee in the morning.

衍生：usual *adj.* 通常的、平常的

反義：unusually *adv.* 不經常地、稀罕地

wrong

[rɔŋ] *adj.* 不對的、錯誤的、不適合的

實用例句

▷你怎麼啦？

What's **wrong** with you?

▷我的頭不舒服。

There's something **wrong** with my head.

▷對不起，我把地址弄錯了。

I'm sorry I've got a **wrong** address.

反義：right *adj.* 對的、正確的

Chapter 6

時 間 篇

after

[ˈæftɚ] prep. (位置或時間) 在…之後
adv. 後來、以後
conj. 在…以後

實用例句

➪他們都在我後面。

They are all **after** me.

➪約翰上星期二來，我則是次日來的。

John came last Tuesday, and I came the day **after**.

➪我在你離開屋子後找到了你的外衣。

I found your coat **after** you had left the house.

分析：1. after 作介詞，其受詞可以是名詞、名詞性子句、人稱代名詞、數詞，不能是動詞。

2. after表示時間，不能用在未來式的句子中。

例如：一個小時之後會議就結束。

The meeting will be over in an hour. (○)

275

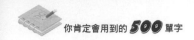

The meeting will be over after an hour. (×)

反義：before *prep. adv. conj.* 在…之前

afternoon

[ˈæftəˈnun] *n.* 下午

實用例句

⇨我們今天下午不上課。

We have no classes this **afternoon**.

⇨他常下午來。

He often comes in the **afternoon**.

分析：在一般時間的「下午」用介詞in，在特定
日期的「下午」用on。如「下午」前有
this、yesterday等詞修飾時，則不用介
詞。

巧記：after是「在…之後」的意思，而noon是
「中午」的意思，afternoon就是「中午
以後」，即「下午」。

sometimes

[ˈsʌmˌtaɪmz] *adv.* 有時、不時、往往

實用例句

➩他有時乘火車來，有時坐汽車來。

Sometimes he comes by train and **some-times** by car.

比較：sometimes *adv.* 有時
sometime *adv.* 在某一時候，表示時間不確定
some time 是片語，表示「一段時間」

歸類：頻率副詞頻率由高向低依次為：
always 總是
usually 通常地
often 經常
sometimes 有時
seldom 很少地
never 絕不

always

['olwez] *adv.*　　總是、一直、永遠、始終

實用例句

➩太陽總是從東方升起。

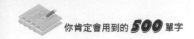
The sun **always** rises in the east.

⇨他並不總是友善的。

He isn't **always** friendly.

分析：1. always 和 often, never, all, both 等詞一樣，在句中放在實義動詞前，情態動詞、助動詞和 be 動詞之後。

2. not always 構成部分否定。

同義：usually *adv.* 通常

often *adv.* 常常

反義：sometimes *adv.* 有時

seldom *adv.* 很少

before

[bɪ'for] *prep.* 在…前面、在…之前

conj. 在…之前

adv. 以前

實用例句

⇨他的名字排在我前面。

His name comes **before** mine.

⇨我睡覺前喝了一杯牛奶。

I drank a glass of milk **before** I went to

bed.

⊃我以前從沒看過這部電影。

I have never seen the film **before**.

> **詞組**：
> | the day before yesterday | 前天 |
> |---|---|
> | the year before last | 前年 |
> | before noon | 午前 |

> **注意**： 1. before引導的子句中，未來式用現在式
>   表示：
>   He'll call you before he comes here.
>   他來這兒之前，會打電話給你。
>   2. 在表示地點的「在…前面」時，不能
>   夠用 before，而要用 in front of。如：
>   There are a lot of flowers in front of
>   my door.
>   在我家門前有許多鮮花。

Christmas

['krɪsməs] *n.* 耶誕節

實用例句

⊃孩子們過了一個快樂的耶誕節。

The children enjoyed a happy **Christmas**.

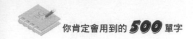

詞組:	Christmas card	聖誕卡
	Christmas tree	聖誕樹
	Christmas stocking	聖誕襪
	Father Christmas	聖誕老人

注意：Christmas第一個字母要大寫，at Christ-mas表示「在耶誕節」，如果專指「聖誕日」時要說a Christmas Day。

clock

〔klɑk〕 *n.* 時鐘

實用例句

⇨ 我的鐘壞了。

Something has gone wrong with my **clock**.

注意：「幾點」是數字+o'clock：
　　1. seven o'clock 七點。
　　2. 表示「在幾點」，用介詞at：
　　　　"When do you usually get up?"
　　　　「你一般幾點起床？」
　　　　"At 7 o'clock in the morning."
　　　　「早上7點。」

巧記：clock可與相關詞watch (錶) 一併記憶。

衍生：clockwise *adj.* 順時針方向的

day

[de] *n.* (一) 天、(一) 日、白天

實用例句

▷一星期有七天。

There are seven **days** in a week.

▷請在晚上打電話給我，因為我白天經常不在家。

Call me in the evening as I'm usually out during the **day**.

▷雨天天下個不停。

It rained **day** after **day**.

▷他日以繼夜地工作。

He worked **day** and night.

詞組：
day and night	日日夜夜
day after day	日復一日地
every day	每天
the day before yesterday	前天
the day after tomorrow	後天

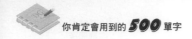
比較：day與date的分別：

What's the date today? 今天幾月幾日？

(問日期)

What day is (it) today? 今天星期幾？

(問星期幾)

during

〔'djʊrɪŋ〕 *prep.*　　　在…期間、在…時候

實用例句

➪ 會議期間你遇見她了嗎？

Have you met her **during** the meeting?

比較： 1. during 和 for 都表示「在…期間」，但 during 強調在什麼時間發生了什麼事，而 for 強調這件事持續了多久。

2. 表示一段時間，一般能用in的地方，也可用during，但是during更強調時間的延續，而in則是一般地指某一段時間。因此，如果動詞片語表示一種狀態或習慣動作時，通常用during，表達某事發生的具體時間，多用in。

early

['ɚlɪ] *adj.* 〔時間〕早的、早熟的
adv. 〔時間〕早地

實用例句

➪火車早到十分鐘。

The train was 10 minutes **early**.

➪早起的鳥兒有蟲吃。（一日之計在於晨）

The **early** bird catches the worm.

分析：有些時間副詞如表示頻率的often (經常)
、always (總是)、seldom (很少) 等在句
子中一般位於所修飾一般動詞之前，而
early及大多數時間副詞在句子中都位於
所修飾動詞之後。

比較：early指較通常或指定的時間為早，soon
指現在或指定的時間之後不久。

I arrived early and had to wait for the
others, but soon after two o'clock they
appeared.

我到得早，必須等其他的人，但兩點過
後不久，他們都來了。

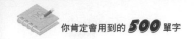

反義：late *adj. adv.* 晚

---

ever

[ˈɛvɚ]　*adv.*　　曾經、無論何時

實用例句

▷什麼事都不會使他生氣。

　Nothing **ever** makes him angry.

▷你們可曾見過面?

　Have you **ever** met?

▷我會永遠記得他。

　I'll remember him for **ever**.

詞組：for ever 永遠

分析：1. ever表示「曾經、任何時候」，一般用於否定句、疑問句和條件句中。

　　　Hare you ever been to Japan?

　　　你去過日本嗎?

　　2. ever用於肯定句時，常用於表示比較的句子中。

　　　This is the most interesting film I have ever seen.

這是我看過的電影中最有趣的一部。

holiday

['halə,de] *n.* 假日、節日

實用例句

⇨我在鄉下度假。

　I spent my **holidays** in the country.

詞組：a two-day holiday　　兩天的假期
　　　　a two-month holiday　兩個月的假期

分析：holiday是可數名詞，指節日、假日、休
　　　　息日，指假期時通常用複數。

hour

[aur] *n.* 小時

實用例句

⇨只有一小時的路程。

　It's only an **hour's** way.

⇨我每天花一個小時做早操。

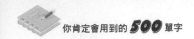

I spend one **hour** in doing morning exercise every day.

比較：three hours 三小時
three o'clock 三點鐘

歸類：時刻名詞：
hour 小時
quarter一刻鐘
minute分鐘
second秒

moment

['momənt] *n.* 一會兒、片刻、瞬間

實用例句

▷這件事只需片刻時間。

It will only take a **moment**.

▷他倆同時到達。

Both of them arrived at the same **moment**.

詞組：at the moment　此刻、現在
in a moment　片刻、馬上

morning

[ˈmɔrnɪŋ] *n.* 早上、上午、初期

實用例句

▷早安！

Good **morning**!

▷我們早上有四堂課。

We have four classes in the **morning**.

▷我將在六月五日的早上到達火車站。

I'll arrive at the station on the **morning** of June 5.

詞組	this morning	今天早上
	tomorrow morning	明天早上
	yesterday morning	昨天早上

分析：在早上 (上午)，介詞一般用in，指「某天」或「星期幾的早晨」用介詞on。

注意：
at dawn	在黎明
in the morning	在早上
at noon	在中午
in the afternoon	在下午

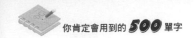

at dusk	在傍晚
in the evening	在晚上
at night	在夜裏

night

[naɪt] *n.*　　　夜、夜間、黑夜

實用例句

⮑昨晚我睡得很好。

　I slept well last **night**.

⮑冬天的夜很長。

　The **nights** are long in winter.

詞組:

all night long	整夜
day and night	日日夜夜
last night	昨夜
night club	夜總會

比較:　night指從日落到日出之間的時間。

　　　　evening指從日落到就寢的時間。

　　　　「今夜」是tonight而不是this night。

288

noon

[nun] *n.*　　　中午、正午、白晝

實用例句

➪ 他喜歡中午打乒乓球。

He likes to play table tennis at **noon**.

同義：noonday. *n.* 正午

o'clock

[ə'klɑk] *n.*　　(of the clock 的縮寫) ⋯點鐘

實用例句

➪ 「現在幾點了?」「九點。」

"What time is it?"　"It's nine **o'clock**."

➪ 七點了,該起床了。

It's seven **o'clock** now. It's time to get up.

分析：o'clock與表示整點的時間連用,也可省略
　　　　不寫。

often

[ˈɔfən] *adv.* 經常

實用例句

⇨「你隔多久去那裏一次?」
「每月一次,不過我希望能更經常地去那裏」。

"How **often** do you go there?"
"Once a month, but I wish I could go more **often**."

⇨她經常頭疼。

She **often** has a headache.

詞組: how often　多少時候一次

分析: often與always, usually, sometimes在句中位置相同,用在be動詞和助動詞之後,一般動詞之前。

today

[təˈde] *adv. n.* 今天、今日、在今天、現在、當前、當代

實用例句

⇨今天是我的生日!

Today's my birthday!

⇨今天你們出去買東西嗎?

Are you going shopping **today**?

⇨當代的年輕人都很聰明。

The young people of **today** are very clever.

分析:「在今天」不說 within today,而要說 within this day。

---

tomorrow

〔tə'mɔro〕 *adv. n.* 明天、明日

實用例句

⇨明天我們要去參加一個聚會。

We are going to a party **tomorrow**.

⇨明天是星期天。

Tomorrow is Sunday.

分析:tomorrow與today一樣,修飾名詞時要放在後面,如:Taiwan tomorrow 明天的台灣。

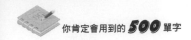

注意：tomorrow morning、yesterday evening等
片語前不用加冠詞

反義：yesterday *adv. n.* 昨天

tonight

[təˈnaɪt] *adv. n.*　　今夜、今晚

實用例句

▷今晚有什麼電視節目？

What's on TV **tonight**?

▷今夜會下雨。

Tonight will be rainy.

year

[jɪr]　*n.*　　年、…歲

實用例句

▷我兩年前來這兒的。

I arrived here two **years** ago.

▷他十一歲了。

He is eleven **years** old.

詞組:

last year	去年
this year	今年
next year	明年
the year before last	前年
year after year	年復一年

yesterday

[ˈjɛstɚde] *adv.* 昨天

n. 昨天

實用例句

➪我們昨天沒上課。

We had no classes **yesterday**.

➪我在昨天的會議上見到她。

I saw her at **yesterday's** meeting.

➪他前天出去的。

He went out the day before **yesterday**.

筆記

筆記

筆記

筆記

筆記

英文速記系列

MPE 系列

實用英語系列

雅典文化

2902 查字典 2	張瑜凌	199 元

生活智慧系列

3021 要跟別人比，就是不要自己騙自己	董正剛	200 元
3022 可以沒脾氣，不能沒骨氣！	曾健佑	200 元
3023 把握時機，何必要心機	楊帆	200 元
3024 人爭一口氣，不要讓人瞧不起	趙文豪	200 元
3025 讓人看得起，就是要自己贏自己	殷鎂琪	200 元
3026 關心人，不一定要表現在面前	林燦良	200 元
3027 成就，不是靠能力而是靠努力	王大偉	200 元
3028 人生的傻瓜哲學	毛人	200 元
3029 做人要成功，凡事放輕鬆	張涓涓	200 元
3030 有了脾氣，沒了福氣	杜可威	220 元
3031 百般無奈，調整心態	許立德	200 元
3032 放輕鬆，注意力會愈集中	鞏建華	200 元
3033 做個糊塗的聰明人	唐雨璇	200 元
3034 萬無一失？沒這回事	劉麗	200 元
3035 做事可以高明，做人不需精明	邸軒	200 元
3036 忍耐一下子，幸福一輩子	陳志興	200 元
3037 就吃你這一套-用人的最高境界	汪洋	200 元

健康生活系列

101 胃腸病食療食譜	彭銘泉	200 元

雅典文化

雅典文化

叮嚀系列

S3401 千萬要記得—飲水一定要思源	季平	180 元
S3402 千萬要記得—退一步海闊天空	蔣麗雯	200 元
S3403 千萬要記得—傻人有傻福	謝金川	220 元
S3404 肯定自我	林恆隆	200 元

自信心系列

S3501 相信我，路是人走出來的	郭怡君	200 元
S3502 相信我，自信是創造出來的	姚智富	200 元
S3503 人生處處是機會	李宣	200 元
S3504 潛能是激發出來的	關明淵	200 元

實用隨身手冊系列

S3601 實用商業單字隨身手冊	陳久娟	99 元
S3602 實用旅遊會話隨身手冊	陳久娟	99 元
S3603 實用生活單字隨身手冊	陳久娟	99 元
S3604 實用商業簡報隨身手冊	陳久娟	99 元

英語隨身書系列

S3701 E-MAIL 業務英文隨身書	張瑜凌	99 元
S3702 菜英文隨身書-生活應用篇	張瑜凌	99 元
S3703 E-MAIL 秘書英文隨身書	張瑜凌	99 元

雅典文化

【英語速記系列】09　　永續書號 S2709

網拍學英語

作者◎張瑜凌　定價◎200 元

開 本◎正 25 開

總頁數◎192 頁

出版日◎95 年 10 月

EAN◎9789867041210

ISBN◎986-7041-21-6

英文網拍達人出列！老是看不懂英文購物網站嗎？本書 step by step，

一步步教您學會網拍英文！看上了英文網拍的商品，卻不知道如何競標、下單嗎？本書每個步驟詳細解釋，讓您順利在英文網站上當個賣方或買方！

☑網頁☑網站服務☑網頁訊息☑搜尋功能☑基本資料☑付款方式☑帳單地址☑註冊☑資料設定☑登入網站☑賣方☑買方

☑拍賣☑下標☑訂單☑購物服務☑商品種類☑商品說明☑商品特色☑費用☑商品售價☑結帳☑付款☑運送☑運送費用☑運送包裝☑運送地區☑評價☑拍賣標語

【英語工具書系列】02　　永續書號 S3802

火星英文即時通

作　者◎陳久娟　定價◎200 元
開　本◎25 開
總頁數◎208 頁
出版日◎95 年 11 月
EAN◎9789867041258
ISBN◎986-7041-25-9

這些你都懂了嗎？
2mr 就是 Tomorrow (明天)
Gr8 就是 Great (太好了)
YW 就是 You're Welcome (不客氣)
LOL 就是 Laughing out loud (大笑)
LTNS 就是 Long Time No See (好久不見)

拜火星文考題之賜，現在不知道「Orz」是什麼意思的人，應該少之又少了吧！但是您可知道，中文火星文的歷史只有短短幾年，英文火星文可是行之有年囉！某些文字甚至通行於商業溝通上。如果你寫出來，不僅顯出您俐落的專業形象，精簡扼要的文字甚至可以加深對方的印象。

最常見的商用火星文就是表示越快越好的 ASAP(As soon as possible)；表示供您參考的 FYI (for your information)；請字 (Please) 也可以簡寫為 Pls；順道一提 (by the way) 直接寫 BTW 就好了。您發現了嗎？其實大部分的英語火星文不過就是每個字的第一個字母所組合起來的。

【英語 DIY 系列】01　　永續書號 S4101

這就是你要的文法書

作 者◎陳久娟　定價◎220 元

開 本◎25 開

總頁數◎224 頁

出版日◎95 年 09 月

ISBN-13◎9789867041180

ISBN-10◎9867041186

　　文法不是什麼大學問，說簡單一點，它不過就是英文字與英文字之間的一種組合規律。如果我們自小聽說讀寫都是靠著英語來溝通，對我們而言，可能沒有必要拿著一本文法書猛背，脫口而出的結果通常不會有太大的問題。

　　這麼說是不是就不用學文法了呢？嗯…說實在話，這種想法有一點危險。中文與英文字的組合規則肯定是不同的，貿然的以中文邏輯結構成英語句子，不就成了所謂的「中式英語」(Chinese English)？在一般狀況下說 Chinese English，也許對方有些聽不懂，但依照當時情境以及說話者的身體語言，對方一定猜得出你的意思。

　　可是，萬一是正式場合呢？比如：接待重要人物時，第一次跟老外主管見面時，或是任何一定要好好表現的重要場合，說中式英語立刻就有一種「遜掉了」的感覺。

　　為了更完整正確的用英語表達，我們還是要學文法的。只是我們不拿著文法書猛背，而改用一種生活化的態度，以對話及例句加之文法分析，幫助您理解為何使用這樣的文法。學文法真的不必太用力。中文字與英文字的組合規則肯定是不同的，

　　貿然的以中文邏輯結構成英語句子，就是所謂的「中式英語」(Chinese English)

　　以英語溝通不難，不過說了一口 Chinese English，嗯~ 好像有點「遜掉了」…

　　厚厚的文法教科書先放下來吧，Easy 一點，Relax 一點，讓我們從簡單對話裡發現英文文法吧！

【英語 DIY 系列】02　　永續書號 S4102

這就是你要的單字書

作　者◎陳久娟　定價◎220

開　本◎25 開

總頁數◎224 頁

出版日◎95 年 12 月

ISBN-13◎9789867041289

ISBN-10◎9867041283

　　世界上最齊全的單字書當然是字典囉！可是，學單字總不能抱著字典從 A 背到 Z 吧，第二頁背完了，大概第一頁也忘得差不多了。本書依各種情境將單字分門別類，順著目錄翻下去，不但可以很快找到您要用的單字，還可以順便將相關的單字瀏覽一遍。學單字不必太刻意

　　家庭急救箱打開來，每一樣物品該怎麼說？查一下「日用品篇之生活用具－急救箱」便能一目了然！想知道轎車、跑車、掀背式車款、兩門式轎車、四門式轎車是什麼？找到「交通工具篇」就可以得到所有的答案。談到女性話題時，瞧一瞧「美容保養篇」讓你的談話更有深度。

　　這是一本最實用的英語單字書，從日常生活、吃喝玩樂到美容保養，身體醫療，還有商業用字、求職面試、口語溝通、報刊新聞等等，內容包羅萬象。

　　為方便您使用本書，我們將所有單字依事件、情境分門別類，您是要查詢也好，想背誦單字也罷，本書提供您一個最有效率的學習工具，幫助您在查單字的同時，也順便認識其他相關的單字。

【全民學英語系列】01　　永續書號 S4201

商業實用英文 E-MAIL
業務篇

作　者◎張瑜凌　定價◎149 元

開　本◎長 50 開

總頁數◎272 頁

出版日◎95 年 11 月

EAN◎9789867041265

ISBN◎986-7041-26-7

　　最權威、最具說服力的商用英文 E-mail 書信，馬上搶救職場上的英文書信寫作史上最強的商用英文 E-mail！三大特色：1000 句商用英文 E-mail 例句 500 個商用英文 E-mail 關鍵單字 33 篇商用英文 E-mail 範例三大保證：輕鬆寫一封商用英文 E-mail 解決所有商用英文 E-mail 快速查詢商用英文 E-mail 三大機會：成功升遷成功創造業務佳績成功開創事業新契機

　　最搶手的商用英文實典提升實力就從「商業實用英文 E-mail（業務篇）」開始

　　1【請國外工會介紹客戶】2【請合作夥伴介紹客戶】3【公司自我介紹】4【業務的介紹】5【表明對商品有興趣】6【要求提供商品型錄】7【提供所需的樣品】8【商品的需求量】9【商品的數量】10【商品報價】11【報價詢問】12【延誤詢價】13【回覆對方的來信】14【回覆議價】15【取消報價】16【代理權談判】17【財務信譽諮詢】18【拒絕對方提出的合作計畫】19【久未接獲訂單】20【訂單催促】21【確認合約】22【取消訂單】23【船運】24【交貨的時間】25【提早出貨】26【商品短缺】27【品管不良】28【回覆不滿意商品品質】29【賠償事宜】30【接受索賠】31【立即付款請求】32【樣品費催款】33【失控的狀況】

【全民學英語系列】02　　永續書號 S4202

求職面試必備英文

附 MP3

作 者◎張瑜凌　定價◎169

開 本◎長 50 開

總頁數◎320 頁

出版日◎95 年 12 月

EAN◎9789867041272

ISBN◎986-7041-27-5

六大步驟，讓你英文求職高人一等

馬上搶救職場的英文面試

全國第一本針對「應徵面試」的英文全集！

三大特色：

200 句面試英文例句

400 個面試英文實用單字

34 篇面試英文會話情境

三大保證：

輕鬆面對應徵時的各類問題

快速學習用英文自我介紹

解決上班族的英文危機

三大機會：

成功升遷

成功覓得新工作

成功開創海外事業新契機

　學習英文最快的工具書，利用「情境式對話」，讓您英文會話能力突飛猛進！

【英檢直達車系列】01　　永續書號 S4301

破解英檢大公開
片語篇

作 者◎張瑜凌　定價◎200 元

開 本◎25 開

總頁數◎192 頁

出版日◎95 年 12 月

ISBN-13◎9789867041296

ISBN-10◎9867041291

馬上就要考英檢了嗎？沒時間念好英文嗎？沒人幫你整理重點嗎？

找對工具書，讓您輕鬆通過英檢，為自己創造價值！

命題率高、出現率高，依據單字順序整理，方便查詢記憶。用片語的實力，

讓自己的英檢高分過關！

國家圖書館出版品預行編目資料

你肯定會用到的 500 單字／張瑜凌編著.

--初版.--臺北縣汐止市： 雅典文化,民 96

面；公分. -- （全民學英文系列：3）

ISBN-13：978-986-7041-30-2（平裝）

ISBN-10：986-7041-30-5（平裝）

1. 英國語言-詞彙

805.12　　　　　　　　　　　　95025708

你肯定會用到的 500 單字

編　　　著◎張瑜凌

出 版 者◎雅典文化事業有限公司

登 記 證◎局版北市業字第五七〇號

發 行 人◎黃玉雲

執行編輯◎張瑜凌

編 輯 部◎221 台北縣汐止市大同路三段 194-1 號 9 樓

　　　　　EmailAdd: a8823.a1899@msa.hinet.net

　　　　　電話◎02-86473663　傳真◎ 02-86473660

郵　　撥◎18965580 雅典文化事業有限公司

法律顧問◎永信法律事務所　林永頌律師

總 經 銷◎永續圖書有限公司

　　　　　221 台北縣汐止市大同路三段 194-1 號 9 樓

　　　　　EmailAdd: yungjiuh@ms45.hinet.net

　　　　　網站◎ www.foreverbooks.com.tw

　　　　　郵撥◎ 18669219

　　　　　電話◎ 02-86473663　傳真◎ 02-86473660

　　　　　ISBN-13：978-986-7041-30-2（平裝）

　　　　　ISBN-10：986-7041-30-5（平裝）

初　　版◎2007 年 2 月

定　　價◎ **NTS 149** 元

雅典文化**讀者回函卡**

謝謝您購買這本書。
為加強對讀者的服務，請您詳細填寫本卡，寄回雅典文化；
並請務必留下您的E-mail帳號，我們會主動將最近 "好康"
的促銷活動告 訴您，保證值回票價。

書　　名：**你肯定會用到的500單字**
購買書店：＿＿＿＿＿＿市／縣＿＿＿＿＿＿＿＿書店
姓　　名：＿＿＿＿＿＿＿　生　日：＿＿＿年＿＿月＿＿日
身分證字號：＿＿＿＿＿＿＿＿＿＿＿＿＿＿＿＿＿＿＿＿＿
電　　話：(私)＿＿＿＿＿＿(公)＿＿＿＿＿＿(手機)＿＿＿＿＿
地　　址：□□□＿＿＿＿＿＿＿＿＿＿＿＿＿＿＿＿＿＿＿
E - mail：＿＿＿＿＿＿＿＿＿＿＿＿＿＿＿＿＿＿＿＿＿＿
年　　齡：□20歲以下　　□21歲～30歲　　□31歲～40歲
　　　　　□41歲～50歲　□51歲以上
性　　別：□男　□女　　婚姻：□單身　□已婚
職　　業：□學生　　　□大眾傳播　□自由業　□資訊業
　　　　　□金融業　　□銷售業　　□服務業　□教職
　　　　　□軍警　　　□製造業　　□公職　　□其他
教育程度：□高中以下（含高中）□大專　□研究所以上
職 位 別：□負責人　□高階主管　□中級主管
　　　　　□一般職員　□專業人員
職 務 別：□管理　　　□行銷　　□創意　　□人事、行政
　　　　　□財務、法務　　□生產　□工程　　□其他＿＿＿
您從何得知本書消息？
　　　　　□逛書店　　□報紙廣告　□親友介紹
　　　　　□出版書訊　□廣告信函　□廣播節目
　　　　　□電視節目　□銷售人員推薦
　　　　　□其他＿＿＿＿＿＿＿＿＿＿＿＿＿＿＿＿＿＿＿＿
您通常以何種方式購書？
　　　　　□逛書店　□劃撥郵購　□電話訂購　□傳真訂購　□信用卡
　　　　　□團體訂購　□網路書店　□其他＿＿＿＿＿＿＿＿＿
看完本書後，您喜歡本書的理由？
　　　　　□內容符合期待　□文筆流暢　□具實用性　□插圖生動
　　　　　□版面、字體安排適當　　□內容充實
　　　　　□其他＿＿＿＿＿＿＿＿＿＿＿＿＿＿＿＿＿＿＿＿＿
看完本書後，您不喜歡本書的理由？
　　　　　□內容不符合期待　□文筆欠佳　　□內容平平
　　　　　□版面、圖片、字體不適合閱讀　　□觀念保守
　　　　　□其他＿＿＿＿＿＿＿＿＿＿＿＿＿＿＿＿＿＿＿＿＿
您的建議：
＿＿＿＿＿＿＿＿＿＿＿＿＿＿＿＿＿＿＿＿＿＿＿＿＿＿＿＿

台北縣汐止市大同路三段 194 號 9 樓之 1

雅典文化事業有限公司

編輯部　收

請沿此虛線對折免貼郵票，以膠帶黏貼後寄回，謝謝！

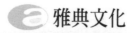

為你開啟知識之殿堂